罪《つみ》と束縛《そくばく》のエゴイスト

桐嶋《きりしま》リッカ

ILLUSTRATION
カズアキ

CONTENTS

罪と束縛のエゴイスト

罪と束縛のエゴイスト

1

やっちゃダメなこと、しちゃいけないこと。

昔からそういうフレーズに弱かった。

禁じられれば禁じられるほどに、掻《か》き立てられるのが好奇心。

たとえ禁を破ったところで大したことにはなりゃしない。

そうタカをくくっていたんだ、あの日までは――。


『三度の飯より女の子が好き』

それが神前遥《かんざきはるか》のキャッチコピーだった。

もちろんこんな頭の悪そうなフレーズを自《みずか》ら考え出したわけではない。気づいたらいつの間にか周囲につけられていたコピーなのだが、それに対しての異論はない。

それは紛《まが》いようのない事実だったから。

「しかし、これは由々《ゆゆ》しき事態だよな…」

重々しい口調に溜め息《いき》を重ねてから、遥は蜂蜜《はちみつ》色の髪を右手で掻き上げた。

長めの前髪が分かれたことで露《あらわ》になった少し吊り上がり気味の目が、自身の足元へと憂《うれ》えた視線を落とす。それを追いかけるようにまた溜め息がひとつ、薄く開いた唇の隙間から零《こぼ》れた。

（まさかDでもEでもだめだなんて…）

事態は自分が思っているよりも深刻だ、と言わざるを得ない。

（――かくなるうえはFしかない）

そう堅く決意すると、遥は手の中にあった携帯のメールボックスを再度開いた。一度は諦めて保存フォルダに入れておいたメールを、再び呼び出して今度は確実に送信ボタンを押す。送信終了の確認音が鳴ったところで、遥はもう一度、堪《こら》えきれないように溜め息を漏《も》らした。

「参ったよなぁ…」

資料室の出窓に腰かけたまま、スラックスのポケットに用済みになった携帯を滑り込ませる。

普段それほどこまめに掃除されることがないのか、少々曇りがちな窓ガラス越しに、放課後の喧騒《けんそう》に沸いている階下へと視線を移した。

これから部活に向かうのであろう、スポーツバッグを抱えた二人連れの女子生徒がすぐ下を歩いているのが見える。その反対側からやってくるのは、担当区域の清掃に赴いた帰りなのだろう、ほうきを手にした数人の女子グループだった。そのほとんどがやけに蒸し暑い今日の気候に辟易《へきえき》したのか、ただでさえ短いハイウエストのスカートをさらに短く折って、どんよりとした曇り空の下を歩いている。夏向けの薄いシャツから透ける下着の線も、目を凝《こ》らさなくとも二階のここからはっきりと判別できる。

（いつもなら天国の光景なのになぁ…）

七月中旬、すべての女子が夏服に替わっているいま、彼女たちの薄着姿を見なくて何が青春だ！と声を大にして言いたいところなのだが——いまの遥には残念ながら、その「青春」を謳歌《おうか》できない事情があった。

「まったく、めずらしいこともあるもんね」

ふいに横開きの扉が前触れもなくスライドして、薄暗い資料室に廊下からの光が射し込んだ。先ほどメールで呼び出した人物が、その細い隙間から顔を覗《のぞ》かせる。

「あんたからあたしを呼び出すなんてさ」

ついさっき教室で顔を合わせたばかりの17Rのクラス委員長も、例外なくスカートを短く巻き上げていた。その裾《すそ》から伸びる太腿《ふともも》が交互に動いて自分の方へと近づいてくるのを、遥は何とも言えない複雑な表情で見守った。

「俺だって何も、好きこのんで元カノ呼び出してるわけじゃねーよ」

「ちょっと。あんたとあたしがつき合ってたのなんて大昔の話じゃない。まさかいまさらヨリ戻そうなんて、笑える話かます気じゃないわよね？」

「ないない。ただちょっと、お願いがね」

遥の好みから言えば少し太すぎるその太腿から、ゆっくり視線を上へと転じる。漆黒《しっこく》の長い髪を綺麗に結い上げた委員長の双眸《そうぼう》が、まるで胡散《うさん》臭いものでも見るかのように縁なしメガネの向こう側で眇《すが》められた。

「あんたのお願いなんてロクなもんじゃないの決定よね。何？　さっさと言って」

「俺さ、浅見《あさみ》のそういうこざっぱりしたとこすげー好き」

「ハイハイ、そういう見え透いたお世辞はあんたの取り巻き連中に言ってあげるのね。それで？　このあと委員会なんだから早くして」

場合によっては聞かないけど、と素早くつけ加えてから浅見がその場で腕組みをする。そうすると腕に乗った胸がぐっと持ち上がって、ただでさえ重量級の存在感を放っている両胸がさらに強調される結果となる。

（うわ、懐かしい…）

この胸に惚《ほ》れて交際を申し込んだのは、かれこれ二年も前の話だ。性格の不一致であえなく一ヵ月で破局を迎えたのだが、あの頃よりもさらに豊かな成長を遂げた胸がいま目の前にある。

「ソレ、触らしてくんない？」

制服の内側ではちきれんばかりになっている胸を指差すと、浅見は盛大な溜め息をつきながらガクリと項垂《うなだ》れてみせた。

「あんたの頭は相変わらず、巨乳でいっぱいなのね…」

「や、ちょっとワケありでさ。切実なんだよね、これが」

「切実ねぇ」

「頼む！　ほんの少しでいいから！」

自分にこんな一生懸命さがあったのか、と我ながら驚くくらいに熱心に頭を下げて頼み込むと、浅見は呆れ返った風情を目元に漂わせながら自分の腕時計に視線を走らせた。

「もう時間ないからいかなくちゃなんだけど、あんたがあまりに哀れだからちょっとだけ情けをかけてあげる。十秒だけよ？」

「サンキュ！」

「はい、十、九…」

気の早い浅見のカウントに慌てて両手を伸ばすと、遥は二年前よりも豊満になった胸にそっと掌《てのひら》をあてがった。目を瞑《つむ》ってその存在感を、柔らかさを堪能《たんのう》することだけに全神経を集中させる。

（やっぱり俺の目に狂いはなかった）

二年前はEだったカップが、いまではFを越えてGにまで迫ろうかというサイズに成長しているのが如実にわかる。バストサイズだけで言えば、浅見はいま恐らく学院一だろう。こんな機会でもなければ触れられなかったろう感触を大いに満喫しつつ——だがしかし、遥の心は先ほどよりも深く、重い失望感に覆われていった。

（Fでもダメなのか……）

いつもであればこっちが呆れるほどに素直な反応を返す箇所が、いまは頑《かたく》なに沈黙を守っている。学院一でも反応なしって、おまえいつからそんな反抗期に入ったんだ…。

「ゼロ」

カウントダウンが終わったところで、ぱたんと力なく遥の両手が重力に従う。それを間近で見つめていた浅見が、気の毒そうな面持ちで目を逸《そ》らしながら、「やっぱりあの噂《うわさ》は本当なのね…」と小さく呟《つぶや》いた。

「え、噂？」

「あんたがインポになったって話」

「うーわ、身も蓋《ふた》もない…」

だが現状がこれでは反論すらできない。確かにこのせいでいま、遥は取り巻きの女の子たちからも距離を取っているのだ。

「万年発情期みたいなあんたがまさかって思ってたけど、どうやら真実みたいね」

「えーと…」

さすがに『年中頭が春』みたいなその言われようには物申したい気分なのだが、あながち間違ってない気もするので、そこはあえて突っ込まないでおく。

「とりあえずインポじゃないんで。そこだけは訂正しといてくれる？」

「それ以外に勃《た》たない理由があるわけ？」

（まあね…）

有無を問われればあるとしか言えないのだが、浅見に「真実」を語る気には到底なれなかった。

Fカップを前にしても奮い立たない下半身など、遥の十六年の歴史をもってしてもこれが初めてだ。理由が判明していなければ即、病院に駆け込んでいたことだろう。遥にとって女の子たちとの戯《たわむ》れは、それくらい重要な生きる糧なのだ。

（Fでもだめなんてマジ深刻じゃん…）

「あ、やだ委員会はじまっちゃう」

呑気《のんき》なチャイムが清掃時間の終了を告げるのを、遥はこの世の終わりのような心地で聞いた。じきにあの男が、自分を迎えにこの資料室へとやってくるだろう。

朝の「通過儀礼」から数えてすでに十時間近くが経過している。今日は昼休みに会わなかったから、そろそろ禁断症状が顕《あらわ》れはじめる頃合だった。それを見越しての計算だったのだが、Ｆカップ作戦は見事失敗に終わった。

「じゃあたしいくけど、あんまり気落ちするんじゃないわよ。そーいうのって精神的なもんも作用するっていうじゃない？」

「ん、サンキュ…」

意外にも真摯《しんし》な顔つきで慰めの言葉をかけてくれる浅見に、遥は力なく片手を挙げると踵《きびす》を返した華奢《きゃしゃ》な背中を見送った。

「おっと、失礼」

その細身なシルエットと入れ違うように入ってきた男が、無言のまま扉口に佇《たたず》む。

「――――」

こちらをじっと観察するかのような注視に耐えかねて、「何だよ…」とふてくされた声を上げると、椎名皇一《しいなきょういち》は「べつに」とすげない声をその場で発した。

「懲《こ》りないな、と思っただけだよ」

「せめて足掻《あが》くくらいイイじゃねーかよ」

「無駄な努力だけどね」

「な…」

あっさり一言で切り捨てられて、わざと合わせないよう床に逃がしていた視線を、遥はきっと扉口へと投げつけた。

「言いきるじゃねーかよ」

「それが事実だからね」

恨めしげな遥の視線とかち合っても、冷たく凍《い》てついたかのような表情は寸分も変わらない。いっそ淡白に整った顔立ちは、相変わらず鉄壁の無表情だった。

遥のキャッチコピーが前述のものだとすれば、この男のコピーは『氷の貴公子』だ。感情を乗せない一重の眼差《まなざ》し。艶のないダークグリーンの瞳が瞬《まばた》きで揺れることで、ああ生きているのだ…と思い直すほどに、皇一の容貌《ようぼう》はすべてがどこか作り物めいていた。

（まるでアンドロイドだよな…）

ここ数日、諸事情によってこの皇一と寝食をともにするはめに陥っている遥だが、この顔が表情を変えたところを実はまだ一度も見たことがなかった。もしかしたらこれから先、一生変わらないのかもしれない…とさえ、いまでは思いはじめている。

「そろそろかな」

冷めた眼差しでこちらを観察していた瞳が、急に狭《せば》められる。途端に遥の体内でいくつもの細胞が悲鳴を上げたような感覚があった。

（やばい、くる…！）

禁断症状だ――。

熱くなった指先からのぼってくる痺《しび》れが、じわじわと下半身へ下っていくのがわかる。それに合わせて寒気にも似た震えが、容器から溢《あふ》れ出た蜂蜜のように、緩慢なスピードで何度も背筋を伝い落ちていった。

「あ、あ…」

崩れそうになった体を、咄嗟《とっさ》にカーテンをつかむことでどうにか支える。出窓に腰かけたまま、遥は荒い呼吸に胸を喘《あえ》がせた。

「やっぱり十時間以上はもたないんだね」

「はっ、早く…」

「大丈夫、まだ猶予《ゆうよ》はあるから」

カチ、と後ろ手に扉を施錠《せじょう》した皇一がゆっくりこちらへと歩み寄ってくる。そのスローモーな足運びにさえ苛立《いらだ》ちを覚えそうなほどに、遥の体はいまや臨戦状態に入っていた。

「あ…ぁア…っ」

圧倒的な性衝動が、気を抜けば意識を侵食してしまいそうになる。

通常のサイクルとはまるで異なる頻度《ひんど》で、強制的に発情させられる体。この切望から早く解放して欲しくて、遥はようやく窓際までやってきた皇一の腕を性急につかんだ。

「早く…くれ、よ…っ」

世界中でただ一つ、あるモノによってしか収めることのできないこの衝動――。

それを待ちわびて潤んだ眼差しに、皇一は冷めた眼差ししか返してくれない。紅潮した頬《ほお》にいまにも涙を零しそうな遥を、皇一はあくまでも被験体としてしか見ていないのだろう。

小刻みに震えている両脚を開かれる。

「朝二回も出したのにもう元気だね」

「……ッ」

淡々とした皇一の言葉に、遥は声を呑んで羞恥《しゅうち》を堪えた。

Fカップを前にしても微動だにしなかったそこが、いまはほぼ最大値にまで膨張している。窮屈げにスラックスを押し上げるそこを指先で撫《な》でられて、ビクビクと腰が前後してしまうのを自分では止められない。先端を探りあてた指がカリ…っと爪を立てた途端、遥は声もなく喉を仰《の》け反《ぞ》らせた。

首筋から立ち昇った昂奮《こうふん》が、耳の裏を通り抜けて側頭部まで走る。

「あ…ッ」

途端にざわっと髪を掻き分けて、蜜色の何かが遥の側頭部に顕れた。何よりも屈辱的なその瞬間に、唇を強く嚙《か》み締めて耐える。

「ああ、耳が出るほど感じたんだ」

通常よりも敏感になった聴覚に、皇一の低めた声が卑猥《ひわい》なトーンで響く。

「んン…っ」

それにすら感じてしまって、遥は唇を嚙んだまま今度はきつく両目を閉じた。

(クソ、またか…)

眦《まなじり》から溢れた涙が、頬を伝ってハタハタ…とスラックスの上に染みを作る。それを無感動に眺めながら、皇一は遥の髪の間から突き出している、まるで犬のような形状の獣耳にそっと触れてきた。

髪色と同じく蜜色の柔らかな被毛に覆われたそこは、遥の隠したい弱点の一つだ。左側の耳だけを捕らわれて、さわさわと輪郭の毛を辿《たど》るように弄《いじ》られる。

「く……ぅン…っ」

ただそれだけの刺激だというのに、下着の中がタラタラと濡れていくのがわかる。皇一はさらに片耳を口に含むと、毛の薄い内側の皮膚にじかに舌を這《は》わせた。

「ひ…ッ」

クチュ…という濡れた音がダイレクトに聞こえる。その直接的な響きが、遥の身に小さな絶頂をもたらした。さらにその隙を逃さず、また先端に爪を立てられて。

「あァ…ッ」

あっけなく下着の中に吐精してしまう。

（しまった、替えの服ないのに…っ）

そんな心中の叫びが聞こえたのか。

「ああ、帰りはタクシーを使うから心配しなくていいよ」

と、皇一はそんなことを言いながらスラックスの上からさらに遥のモノを撫でた。ぬるぬると中で擦《す》れる感触に煽《あお》られて、また息を吹き返したそこが皇一の掌を押し返してしまうのを絶望的な気分で眺める。

（おいおい、まだやる気かよ…）

もう達したというのに、皇一の動きが止まる気配はない。ましてや遥の望みを叶えてくれる様子もまるでなかった。

（つーか、まさか怒ってるとか……？）

こんなふうにねちっこく責められるのであれば、昼休みに大人しく専科棟に出向いていればよかった…と思うも、後の祭りだ。

冷めない昂奮が、いまだ身のうちでは燻《くすぶ》っている。

何しろ肝心なものを自分はまだもらっていないのだ。それを享受できないことには、この耳が消えることも、この衝動が収まることもない。それを知ったうえで焦らしているのか、それともたんに研究上の探究心から経過を観ているだけなのか。遥にはわからない。いずれにしろ自分がこの男に対して取れる態度といえば一つしかなかった。

「お願いだから、もう…」

「もう？」

「――あんたの体液を俺にください…っ」

熱望というよりも悲鳴に近かった声音にようやく心を動かされたのか、皇一の視線が涙で濡れた遥の視線と交わる。

「じゃあ、目を瞑って」

声とともに皇一の手が遥の顎《あご》をすくい上げる。上向けられた唇に皇一の唇がそっと重ねられた。

待ちきれずに自ら開いた唇の隙間に皇一の舌を迎え入れる。その首に両腕を回すと、遥はこれからの長いキスに備えた。

「ん…っ」

舌を絡めただけで、甘い陶酔が全身にいきわたっていくのを感じる。欠乏を叫んでいた細胞が、じわじわと充足していくような感覚があった。

「ン…ふぅ…」

皇一のキスでようやく収まりはじめた禁断症状が、遥の身にもたらしていた異変の方にもゆっくりとした終息を見せる。

(ようやくこれで耳が消える…)

若干のくすぐったさを伴いつつ、するすると戻っていく耳を惜しむように側頭部を探られて、遥は思わず甘声を上げた。

——皇一の体液なくしては生きていけない体。

比喩《ひゆ》でも誇張《こちょう》でもなく、それがいまの遥の「体質」だった。

定期的に皇一の体液を摂取しないと、この体は強制発情の末に昏睡《こんすい》状態に陥ってしまうのだという。しかもその間、皇一以外の相手には欲情を抱けないというとんでもないオマケまでついているのだ。

これが浅見には語れなかった、そして遥が誰にも知られたくないと思っている「真実」だった。

ことの起こりは数日前に遡《さかのぼ》る――。

梅雨《つゆ》の中休みか、見事な快晴に恵まれたその日、遥はいつものように授業をサボって無人の校内を一人歩いていた。白地に銀糸のストライプが入ったシャツをはためかせながら進むその背中には、いくぶんの気だるさが漂っていたことだろう。

(やっぱ、朝から二回戦はきついか…)

心なしか足取りが重いのも、少々張りきりすぎてしまった結果だ。

第一ボタンをはずした首元に墨色のタイを緩くぶら下げながら、遥は踵《かかと》のつぶれた上履きを廊下に引き摺《ず》っていた。本来なら気品を感じさせるデザインの制服がだらしなさを極めて見えるのは、スラックスにしまわれるべきシャツがそのまま出しっ放しにされているからだろう。

一部ではステイタスを発揮するこの制服も、遥にとっては興味の対象外だった。

左胸に刺繍《ししゅう》された校章でもある「月と星と太陽」を模したエンブレム。こちらも銀糸で施されているせいか、冬服とは違いそれほどの存在感はもたないが、見る人が見れば一目でその校名が知れることだろう。都内でも名高い『聖グロリア学院』の名を聞いて、「ああ、あの名門の」という反応を返す者たちには二種類の人間がいる。――いや、厳密には人間は一種類しかいないというべきか。なぜならもう一つのカテゴリーに属する者たちは、すべて「ヒトならざる存在」だからだ。

その者たちの総称を「魔族」という。

魔族には三種の系統があり、一つが魔女の素質を継ぐ「ウィッチ」、二つめが吸血鬼の素質を継ぐ「ヴァンパイア」、そして三つめが狼男の素質を継ぐ「ライカン」。

さらにそれぞれの血統には素質に応じた「能力」が具《そな》わっており、魔族であれば必ず一つは何か特殊技能があるのが通常だった。だがその点さえ除けば、見た目は普通の人間と何ら変わりない。

そこを利用して魔族は何百年もの間、存在を知られることなく人間との共存を続けているのだ。

（おかげで毎日が、リアルファンタジーっていうかね…）

聖グロリア学院の高等科・17Rに所属する遥にはこのうちの「ライカン」の血が流れている。同様に、この学院に関係する者たちもすべて人間ではない。遥のクラスメイトたちはもちろん、教師、またはその家族に至るまでがすべて魔族なのである。

このような環境に生まれついて、すでに十六年。他の境遇を知らない遥にとっては、これが至って普通の「日常」だった。

（早く夏休みになんねーかなぁ…）

とはいえ高校生身分が七月に入って思うことなど、ヒトであろうと魔族であろうと大差ない。

鬱陶《うっとう》しい長雨の季節が終われば、この先に待っているものは夏季休暇しかない。四月の入学時からせっせと続けてきたこの「学校生活」にも、そろそろ飽きがきている頃だった。

（基本的には中学と変わんねーしな）

高等科の校舎や施設がものめずらしかったのも最初のうちだけだ。いまとなっては日々のサイクルは中学の三年間、ひいては初等科の六年間とそう変わらなかった。

それをつまらない、と思うこと自体が贅沢《ぜいたく》な悩みだということも知ってはいる。だがそれを実感するには遥はあまりに長い間、このぬるま湯に浸かりきっているのだ。

魔族が経営する学校の中でも『聖グロリア学院』といえば、随一の歴史と能力水準を誇る名門校だ。入学には家柄、もしくは高度の能力を問われるので、望んでも入れない魔族は多いと聞く。

その学院に遥は幼稚舎からずっと在籍していた。完全エスカレーター制なので、きっとこのまま大学まで進むのだろうと、漠然と思いながら通い続けてすでに十三年——。ずば抜けた能力があるわけでもなく、明晰《めいせき》な頭脳を持っているわけでもなく、遥がこの学院に在籍している理由はただひとつ、名門の家柄だけだった。

ライカンの中では二番目の財力と歴史を誇る『神前』本家の、次男に生まれ落ちたというだけで遥はグロリアに入学を許されたのだ。その身分に対して、昔はずいぶんやっかまれたものだ。特に秀でた能力もない己を、出来のいい兄とは違う自分を責めたことも過去にはある。

（いまさらそれに腐るほど子供じゃないけどね、もう）

家柄を抜きにすれば、遥が誇れるのは母親譲りの整った顔立ちくらいだろう。

きつすぎない猫目に綺麗なアーチを描いて沿う眉。すっきりとした鼻筋の下に控えた唇は、紅をささずとも常に赤く色づいていた。瞳は陽に透かすとラピスラズリのような輝きをみせる。

細面の顔にバランスよく配置されたそれらの造作が、男女を問わず魅力を振りまくことを遥はこのうえなく自覚していた。何より小ぶりなわりに肉感的な唇が、見る者に扇情的《せんじょうてき》な印象を与えるらしいのだ。それを最大限生かして楽しめるのが、気楽につき合える女の子たちとの火遊びだった。

家名を継ぐ長男はともかく、お気楽な次男に関しては家での待遇もとかく甘かった。とりあえず登校さえしていれば成績にも能力グレードにもほとんど口出ししてこない神前家の方針に甘えて、遥は学校に着くとまず取り巻きの女の子たちとイチャつくのが日課になっていた。

今日も朝からDカップの美乳と戯れて、一息ついたあとだ。

(あー、腰だるー…。昼休みまでどっかで昼寝でもしてよっかな)

進級試験には落ちたものの金の力で高等科に進学して以来、教室で真面目に授業を受けたことなど両手の指で足りるほどの回数だ。足りない出席日数は金で買うものだと思っている両親のもとで生まれ育ったので、遥にはそれが悪いことだという意識がそもそもない。

ライカンとしての能力も頭の出来も、人並以下でしかない遥にとって、学校は勉学に励む場でもなく、己の能力を精進させる場でもなく、ただひたすらに女の子と遊べる場所でしかなかったのだ。

(昼寝といえば、専科棟がベストっしょ)

しょっちゅう構内を徘徊《はいかい》しているおかげで、入り組んだ校舎の配置図はすでに完璧《かんぺき》に記憶している。昼寝に適した場所リストの中でも一番安眠を誘ってくれるのが、通常はウィッチ以外の立ち入りが禁じられている専科棟の二階奥、実習室付近にある準備室だった。いまはあまり使われていないのか少々埃《ほこり》くさいのが難点だったが、うってつけにソファーまでが置いてあるので、このところ昼寝といえばあの部屋を利用することが多かった。

通い慣れた足取りで裏口に回ると、遥はいつものように傍らのポプラの木にするすると登りはじめた。一階の扉や窓はすべて厳重に施錠されているのだが、二階のこの窓だけはなぜか、開け放されている率が高いことを遥が知ったのは二ヵ月ほど前の話だ。

途中で大きく張り出した枝の上から、ひょいっと軽い身のこなしで開いた窓枠の中へと飛び込む。

ポプラの枝から専科棟までの距離は約五メートル。これを軽く飛べてしまうのは遥の持っている「能力」の恩恵だった。

ライカンの能力はどちらかというと身体機能に突出したものが多い。遥の場合、その能力は脚力だけに偏《かたよ》っていた。高い所からの降下や跳躍に特化したバネ――「跳躍《スプリント》」。分類のためにそう名づけられたこの能力を、遥はあまり気に入ってはいなかった。

(どうせならもっとこう、有意義な能力がよかったよな…)

特化した脚力なんて、日常生活でそう役立つものでもない。間男がバレて逃げる時には重宝したこともあるが、この程度の能力はありふれているうえに評価もそう高くない。

グロリアには能力別の階級制度というものがあり、遥には「N」という評価が与えられていた。チェスの駒《こま》になぞらえられたその階級グレードは、秀でている順に「K〈キング〉」、またはQ〈クイーン〉」「R〈ルーク〉」「B〈ビショップ〉」「N〈ナイト〉」「P〈ポーン〉」と位置づけられている。制服の襟元《えりもと》につけることを義務づけられた記章のうち、ひとつはこのグレードを表すアルファベットだった。

初等科よりずっと変わらないこの評価を疎《うと》ましいと思ったことは一度もない。だが逆に己の能力を誇らしいと思ったことも、遥には一度もなかった。

(まあ、毎日がそれなりに楽しければオールOKってもんでしょ)

冷えた廊下のタイルを踏み締めながら、遥はしばし着地体勢のまま辺りを窺った。

昼前のこの時間、専科棟を使うクラスがないことはあらかじめ把握しているのだが、油断は禁物だ。

(風紀にだけは見つかりたくねーからな)

授業中のしかも立入禁止区域で、もし見咎められたら反省文どころの騒ぎではない。

周囲に不穏な気配が潜んでいないことを確認してから立ち上がると、遥は静かに目的地へと歩を進めた。専科棟の中でもこの辺りは特にいつも静まり返っている。だからいまこの廊下に響いているのは、遥の靴音しかないはずだった。だからその音に気づいたのは、半ば必然だったと言えよう。

「ん?」

たとえるならそれは、絶え間なく弾けるサイダーの気泡のような音だった。

シュワー…という細かな音が、ちょうど通りかかった教室の内側から聞こえてくるのだ。

(これ、何の音だろう…?)

何の気なしにその教室の前で足を止める。扉の上には『第三実験室』という札がかけられていた。見れば施錠された扉には、『立入禁止』と大書きされた紙が貼られている。

——チクン、と疼《うず》く好奇心。

施錠されてなお少しだけ開いた扉の隙間から、遥は片目を瞑って中を覗き込んだ。

無人の教室に整然と並ぶ六つの実験用テーブル。その後方中央のテーブルに、なにやら大掛かりな実験器具が置かれているのが見える。遥には用途すら思いつかないその器具の真ん中で、実験の核となっているらしい球状のものがぼんやりとした青い発光を放っていた。ご丁寧にもその器具の周囲にも「触れるな! 厳禁」という手書きのメモがいくつも貼られている。

(何だ、アレ?)

ウィッチにとっては日常茶飯事《さはんじ》にすぎないだろうそういった実験風景も、ライカンの遥にはとりわけものめずらしく映った。

(要は触らなければ入ってもいいんでしょ?)

そう勝手に判断して頭上を振り仰ぐと、換気のためか扉の上にある小窓が少しだけ開けてあるのが見えた。一度目のジャンプで小窓の隙間を自分が通れる分だけ広げると、二度目のジャンプで素早くその内側に入り込む。

途端にうっすらとした甘い匂いが鼻をついた。ライカンであるがゆえ、遥の嗅覚《きゅうかく》は通常でも他の二種族より少しだけ発達している。その鼻で嗅ぎ取れるほどの微量な粒子ではあったけれど、遥はその匂いに思わずうっとりと両目を細めた。

と、同時に——また新たな好奇心が湧いてきてしまう。

(コレってまさか…)

遥は以前にも一度だけ、このテの匂いを嗅いだことがあった。あれは確か数ヵ月前、下級生の女の子の家に招かれた時のことだ。今日はコレを使ってシましょう、とその子が出してきた媚薬《びやく》がちょうどこんなふうな甘い匂いを放っていたのだ。

目の前にある器具の中央では頼りなげな明滅をくり返しながら、直径十センチほどの青い光が揺れている。ウィッチには「薬品生成」の能力に長《た》けた者も多いのだと聞く。中には自らが作ったいかがわしい薬を流通させることで、ひそかに私腹をこやしている輩《やから》もいるのだという。

(もしかしてコレが現場…?)

そう思った途端、小さく喉が鳴った。

あの日、薬を使ってヤッた時のことはいまも忘れられないでいる。いつも以上に鋭くなった感覚が伝える快感は、筆舌にも尽くしがたいものがあった。もし機会があればもう一度試してみたい…と、ずっと思ってはいたのだ。なかなかそんな機会には恵まれなかったけれど——。

近づくと、ジジっと球体の表面がぶれた。

あの日渡された薬も、そういえばこんな淡い青さに染まっていたなと思い返す。さらに近づいて観察してみると、球体の真ん中にいくつかの塊ができつつあるのが見えた。その形状も丸薬だったあの薬によく似ている。

「マジで媚薬なのかな…」

だがたとえ本当に媚薬だったとしても、さすがに効能の知れないモノを服用する気にはなれない。

——けれど。こうして見ているだけでも、あの日の昂奮が蘇ってきて、遥は無節操な下半身が熱くなってしまうのを感じた。

小窓を通じて廊下から入ってきた風が、ハタハタといくつもの「触れるな！　厳禁」の文字をはためかせる。そのうちの一枚が風に飛ばされて宙に舞ったのを、遥は反射的に手中にしていた。テープがついたままのその紙に視線を落としながら。

「弱いんだよね、このテのフレーズに」

ぼそりと小さな声で独りごちる。

ダメとか禁止とか言われると、どうしてもその禁を犯してみたくなってしまうのだ。

そもそも入ってはいけないというのであればもっと強固な密室を作るべきだし、触れてはならないというのであればもっと厳重な管理を施すべきなのだ。

(だから悪いのは俺じゃない)

甘やかされた末っ子特有の身勝手さでそう断じると、遥はそっと青い球体に指を伸ばした。指先の熱を感知したのか、シュワー…という音が少しずつ大きくなっていく。

表面をほんのちょっと撫でるだけのつもりで差し出した指が、球体に触れた瞬間。

パン——!

と、目の前で青い光が弾けた。

途端に眩暈《めまい》を起こしそうなほどの甘い匂いが鼻腔《びこう》になだれ込んでくる。

「う、わ…っ」

敏感な嗅覚にダイレクトな攻撃を受けて、遥は思わずその場に膝をついてしまった。

閃光《せんこう》に眩《くら》んだ視界を庇《かば》うように、顔を覆っていた両腕の間からそっと辺りを窺う。すると遥の周りにだけ、淡く青い靄《もや》がかかっているのが見えた。

慌てて確認した先、器具の中央にあの球体は見あたらない。

(やっべ、やっちゃった…?)

爆発音自体はそれほど大きなものでもなかったが、もし気づいた誰かがこの場に急行してきたら間違いなく、自分は禁を犯した罪を問われるだろう。

「まずい、逃げなきゃ…」

まだ周囲に漂う甘い匂いと靄とを振りきるように立ち上がると、遥は一目散に扉口を目指した。

だが――。

「わっ」

タイミングよく、施錠を解いて入ってきた人物とそこで思いきり正面衝突してしまう。その反動でバランスを崩した遥の腕を、相対した人物がすっとつかんで支えた。

「いっ、てー…」

出合い頭《がしら》にぶつけた鼻を押さえながら、衝撃に瞑っていた両目を開く。すると予想外の近さに男物の制服が迫っているのが見えた。その襟元に並んだ二つの記章が続いて目に入る。学年とクラスを表すローマ数字は相手が上級生であることを、そしてデコラティブにデザインされたアルファベットは、この者のグレードが「K《キング》」クラスであることを物語っていた。

「君が侵入者かな」

遥よりも頭半分ほど高い位置から、落ち着いた声音が降ってくる。

「違います」

問われて咄嗟に首を振ってみるも、状況を見れば一目瞭然《いちもくりょうぜん》だ。浅はかな嘘にはまるで取り合わず、男は視線だけで器具の方を窺うと、やれやれ…と小さく呟いた。

「しかも触れてしまったんだね。まったく、あと少しで生成できたのにな」

（まずったなぁ…）

その言葉から察するに、この実験の主謀《しゅぼう》者はこの男なのだろう。

いまさらながら、遥は己の失態を苦く悔いた。

こんな所で堂々と媚薬の生成なんかしているようなヤツが、そう簡単に見逃してくれるはずがない。しかも不覚にも、自分はすでに腕を取られている。試しに囚われた左腕に力を込めてみると、逃がさない意志を表すかのように、ギリ…とその拘束《こうそく》が強まった。

(これってピンチだよね…?)

あのテの薬で儲けを得ているような人物が、聖人君子だとはとても思えない。風紀委員に見咎《みとが》められた方がまだマシだった、なんていう目に遭わされたりしたら…。

(な、何その怖い想像…!)

自らの想像力に全力でダメ出しをしつつ、遥は上目遣いに相手の表情をそっと窺った。

絶妙なラインを描く鼻梁《びりょう》に薄い唇、淡白に整った顔立ちの印象を際立たせるような一重の眼差しは、テーブルに設置された実験器具の方へと据えられている。ほとんど黒に近い髪色は、廊下からの光に透かして見ると血のような暗紅色をしているのがわかった。

なぜか美形が多い魔族の中でも、この男の顔立ちはかなりのグレードだろう。ここまで顔がよければ名が知れ渡っていてもよさそうなものだが、学年が違うからか遥はその顔に見覚えがなかった。それにしても実験を一つ台無しにされたわりには、ダメージのなさそうな涼やかさ……というよりはいっそ無表情と言った方がこれは正しいのではないか?

どこかメタリックな質感を持つ暗緑色の瞳が、ふいに遥の方へと向けられた。目が合った途端、びくっと肩を揺らした遥を見てもその眼差しには何の感慨も含まれない。

「何か言い訳でもあるかな」

「えっと、悪気はなかったんですけど…」

「なかった――、悪気が？」

もう一度、実験器具へと走らせた視線をまた遥の上に据えてから、男は「面白いことを言うね」と唇だけを動かして呟いた。

「わざわざ立ち入り禁止の部屋に入り込んで、さらに禁じられた行為にまで及んで、悪気はなかったって言うのかな？」

（あ、れ……）

表情はぜんぜん変わらないけれど、もしかしたらこの人すごく怒っているのかもしれない…。表情はともかく台詞《せりふ》の剣呑《けんのん》さに、遥は慌てて謝罪の言葉をつけ足した。

「す、すみませんでした…！」

「うん、済んだことはもういいんだけどね」

（あ、いいんだ…？）

今回のは依頼ではなく趣味でやっていた生成だから、と男は拍子抜けしてしまうほどのアッサリさで肩を竦《すく》めてみせた。

「起きてしまったことは仕方がないし。君に怪我《けが》がなかったのは幸いだよ」

（――ということは、このまま無罪放免にしてもらえるんだろうか？）

そんな期待が表情に滲《にじ》んでいたのか、男は明るくなった遥の顔色に水をさすように、「ただし」と冷めた声でつけ加えた。

「君をこのまま帰すわけにはいかないよ」

「え？」

つかまれていた腕に力が込められる。見つめていた眼差しがすっと眇められるのに合わせたように、ドクン…と一度だけ大きく鼓動が跳ね上がった。

（あ、れ…？）

視界の照準が少しずつぼやけていく。それと同時に、じんわりとした熱さが体の内側に生まれるのがわかった。

「そろそろ薬が全身に回った頃かな」

「薬…？」

「そう、媚薬のね。まさかあの靄を吸い込んで無事でいられるなんて思ってないよね？　君も運が悪い。よりによってあの秘薬を吸い込むなんてさ」

（秘薬……？）

まるで視線を繋《つな》ぐ糸があるかのように、遥は暗緑色の眼差しから目を逸らせないまま、淡々と紡《つむ》がれる男の言葉を聞いた。

「形状変化の途上だったとはいえ、成分に変わりはないからね。五錠分を一気に摂取したことになるから、つらいと思うけど」

腕を解放されても全身が痺れたように動かない。その様子を目を細めて眺めながら、男は軽く首を傾《かし》げてみせた。

「──もうじきだね」

視界の両端にスライドしてきた男の両手が、すっと遥の頬を包んだ。

「すぐに最初の禁断症状が顕れるよ」

「え？」

数センチもない間近で告げられている台詞が、厚い壁越しに囁《ささや》かれている言葉のように聞こえた。

聴覚だけでなく、すべての五感が遠く感じられる。

（体が重い…）

ただ立っているだけだというのにそれすらがだるくて仕方なかった。あの日とは比較にならないほどの酩酊《めいてい》感が、いまや遥の全身を満たしている。

（コレ、やばい薬なんじゃねーの…？）

明らかに通常の媚薬程度ではないおかしな感覚を味わいながら、こんなことならアレに触らなければよかった…と先ほどよりも五割増で悔いてみるも、そんないまさらな後悔が状況を打破してくれるわけもなく──っ。遥は立ち尽くしたまま、酩酊から移行をはじめた感覚が恍惚《こうこつ》へとのめり込んでいくのをただ感じているしかなかった。

「ほら、はじまった」

「────ッ」

言葉と同時に眦をなぞられて、声にならない悲鳴が喉を引き攣《つ》らせる。鈍く遠くなっていた五感のうち、触覚だけがなぜか異様に研ぎ澄まされているようだ。

「あ、ア……」

「この薬の禁断症状は強制的に発情《ヒート》を誘発するんだよ」

言われて初めて、この感覚がヒートに似ていることを思い出す。だがそれにしてはあまりに強く激しかった。

ヒトにはない魔族だけが持つ体内システム、それが『発情期《ヒート》』だ。個体によって多少サイクルは異なるが、だいたいの魔族が一ヵ月から三ヵ月に一度このような発情期を迎える。基本的にこの期間に行為に及ばなければ、魔族は受胎することがない。これを逆手に取ってヒート時以外は「火遊び」に勤しむ魔族の悪癖に、遥も充分染まりきっていた。

遥のヒートはつい先日、終わったばかりだった。その間は控え気味にしていた戯れを再開したのが昨日の放課後からだ。だから次のヒートまでは少なくとも一ヵ月以上の間が開くはずなのに——。

(何、この衝動……)

ヒートを迎えると魔族の体はいつもより敏感に、そしてただでさえ旺盛《おうせい》な性欲がさらに高まる。だが発情時でさえ感じたことのないような激情が、いま遥の身のうちでは荒れ狂っていた。

「強制発情は初めての経験かな」

言いながら今度は唇をなぞられて、知れず甘い声が漏れてしまう。このまま全身の感覚が研ぎ澄まされていったら、やがてどんなささやかな刺激も官能の渦へと変換されてしまうだろう。

ヒートの衝動をやりすごすには自家発電して発散するのが一番手っ取り早い。だがこんな得体の知れない男の前でそんな行為に及ぶわけにはいかないし、そもそも思うように動かないこの体ではこの部屋を抜け出すことはおろか、ここから一歩を踏み出すことすらできそうになかった。

（どうすりゃいいんだよ…）

体中に発生していた熱が少しずつ一ヵ所へと集まっていく。それが一つになった時点で弾けてしまいそうなほどに、遥の体は気づいたら完全にでき上がってしまっていた。

「よかったらデータの収集に協力してくれないかな。——もっとも君に選択の余地はないんだけど」

「え…？」

「君を衝動から解放できるのは世界中でただ一人、僕だけなんだよ」

そう耳元で囁かれた途端、かくんと腰が抜けた痩身《そうしん》を抱きとめると、男は軽々と持ち上げた遥の体を傍らのテーブルの上へと座らせた。閉じていた脚を左右に割られる。

（何、を……）

カチャカチャという金属音が聞こえてすぐに、下半身にわだかまっていた熱が開放される感覚があった。見ればベルトを外され、寛《くつろ》げた前立ての間から猛る自分自身が露出させられている。

「なっ」

魔族の中には無節操に男女問わず行為に及ぶ者も多いが、遥にとって快楽のパートナーは異性以外にありえなかった。だから同性相手にこんな状態の自分を晒すことなんて初めての経験だ。その羞恥と嫌悪から逃れようと身をよじった隙に。

「ア…ッ」

じかにソコをつかまれてぬるりと擦られた。何もしていないのに完全に屹立《きつりつ》し、あまつさえ先走りを溢れさせていたその部分に男の視線が集中するのを感じる。もう何度か扱《しご》かれれば達しそうなほどにいきり立ったソコを眺めながら、男はおもむろに濡れた先端に横から息を吹きかけた。

「——…ッ」

途端に吹き上がった白濁がタイルの床に散る。それを無感動に見やってから、男はさらに遥のモノを今度は激しく扱き出した。

「やっ、やだ…っ」

イッたばかりで敏感になっている先端を時折指先で撫でられながら、グチュグチュと濡れた音を立てて扱かれる。その手を払いのけたいのに、快楽に忠実な本能が理性の介入を強固に拒む。

「あっ、ぁア…ッ」

ほどなくして二度目の絶頂を迎えた遥が腰を震わせて射精すると、男は今度はいつの間にか手にしていた筒状の容器の中に遥の白濁をすべて採取した。

「一度目のが欲しかったんだけど、仕方ないね。正直そこまで感度が上がるとは思ってなかったよ」

そう言いながらも男の手は止まらない。

遥の昂《たかぶ》りも二度の到達を経てなお、いまだ収まる気配がなかった。

「もうヤメ…っ」

「まだまだこれからだよ。あと何回イケるかな」

おもちゃを手にした子供のような熱心さで、男は遥のモノをあらゆる指戯で追い詰めるとさらに二度の絶頂へと導いた。

「あ……ァ…っ」

はたしてどれだけの間、こんなふうに玩《もてあそ》ばれているのだろう。すでに時間の感覚はなかったけれど、それがそう短い時間ではないことを掠《かす》れきった声が物語っていた。

「すごい効果だね」

汗まみれになった体を制服の内側で喘がせながら、涙に詰まった呼吸をくり返す遥を男は変わらず冷静な眼差しで見つめている。

三大血種のうちでは一番の精力を誇るライカンとはいえ、これだけ立て続けにイカされては身がもたない。だが体は理性のコントロールを失ったように、欲情で暴走を加速させるばかりだった。

(何なんだよ、これ…)

果てても果てても尽きない欲望が、蛇のように腰に絡みついている気がした。獲物に食らいついて放さないその獰猛《どうもう》さで、遥の体を支配している得体の知れない衝動。

一度や二度ならず、これだけの発散を経ても萎《な》える気配のないソコはいまだに男の興味本位な仕打ちに玩ばれていた。

「やっぱり何度イッても萎えないんだね」

白濁と先走りにまみれたモノを輪を描いた指先でゆるゆると撫でられながら、男が間近で遥のモノを観察する。潤んだ割れ目を指で辿られて、遥は涙で濡れた頬にまた新しい涙を零した。

もう出すものがないと思えるほどに弄られ続けているのに、逆に欲動は膨れ上がるばかりだった。

満たされない何かが遥のうちで暴れ回っては、まだ足りないとばかりその衝動をさらに煽り立てる。

「まだ残ってるかな」

息も絶え絶えな遥とは対照的に男は眉一つ動かさないまま、貯蔵量を確かめるように事務的な手つきで下の膨らみを握った。そのまま擦《こす》り合わせるようにやんわりと揉《も》まれて、ビクビクと腰がわななないてしまう。同時に裏筋を擦られて、遥は声のない絶叫を上げた。

「――――ッ…!」

背筋から急激に駆け昇ってきた寒気が、首筋にずぷりと牙《きば》を剝《む》く。その痛みにも似た鋭い快感がさらに上へと派生していくのを、遥は首を振って必死に堪えた。だがその果敢《はか》ない抵抗を嘲笑《あざわら》うように、ざわりと側頭部の辺りが熱くなる。

(やばい、出る…っ)

初等科以来、一回も出していなかったというのに――。それは極限まで追い詰められた理性が、完全に体のコントロールを失った瞬間だった。

「ひ、ァ…」

柔らかい髪を搔き分けて生えてきた獣耳に、いままで無表情だった男がわずかに表情を緩める。

「ようやく出たね」

だがその変化に気づける余裕など、遥にはもう欠片《かけら》も残っていなかった。

「やっ、あ…ッ」

先端だけを掌に包まれて、柔らかく揉みしだかれる。渇望に飢えた欲情が何を求めているのかさえ知らないままに、嗄《か》れかけた声をさらに掠れさせるのが遥にできる唯一の反応だった。

「――やっぱり可愛《かわい》いね、その耳」

男の感嘆とした呟きも、遥の耳には届かない。怯《おび》える犬のように伏せた耳を震わせて泣く遥を見つめながら、男は乾く間のない先端を口に含むと唾液《だえき》を絡めた。

「ヒ…ッ」

舌全体でくるむように優しく撫でられて、五度目の絶頂に遥の身が仰け反る。ほとんど量のないそれを最後まで舌先で舐め取ると、男はようやく遥の体から手を離した。

「この辺りが限度だね」

すでにぐったりとして意識を飛ばしかけている遥の体を細長いテーブルに横たえると、男は傍うに回り、汗に濡れた蜜色の髪を指先で撫でつけた。その間から生える耳にそっと触れると、その感触を嫌がるようにパタパタと柔らかな耳が前後に振れる。

溢れた唾液で濡れそぼった唇は、最初よりもさらに赤味を増して熟れた果実のように色づいていた。その薄く開いた唇に覆い被さった男の唇が重ねられる。もはや抵抗する気力もなく、そのキスを受け入れていた遥に変化が顕れたのに、その数秒後のことだった。

「ん、ん…っ」

また大きく跳ね上がった鼓動が、左胸でにわかに騒ぎはじめる。

たび重なる快感と満たされない欲情で苛《さいな》まれ続けていた体に、じわじわと浸透していくのはこのうえない充足感だった。

(何だよ、これ…)

これこそが求めていたものだ、と声高に叫ぶように、体中を支配していたあの衝動がゆっくりと鎮まっていく。同時に頭の隅が妙に冴《さ》えていく感覚があった。長いキスを経て、完全に痺れの抜けた腕で覆い被さっている肩を押し返すと、ようやく男の唇が離れた。

「症状はこれで収まったかな」

男の言葉どおり、遥の体を狂わせていたあの感覚はもうない。

酩酊も恍惚も収まったいまでは、まるで悪夢を見ていたかのように最中のことがすべて現実離れして感じられる。ただ一つ、無体な仕打ちに泣かされたソコだけはいまも熱く痺れていたが。

「処置はおしまいだよ。起きられる?」

差し出された手にはつかまらず、どうにか自力でテーブルの上に身を起こすと、遥は慌てて乱れていた下肢を整えた。べっとりと濡れていたその感覚がやけに生々しくて、さっきまでのことが夢でないことを改めて思い知らされた気がした。

「いまの、どういうことか説明…」

「禁制秘薬の一つに『束縛《restraint》』っていう薬があるんだけど、君は知ってるかな」

自身の言葉を遮った男の台詞に、遥は思わず息を呑んだ。

禁制秘薬と言えばあまりに一方的な効果や被害を生むことから、近世になって生成を禁じられたいくつかの薬のことだ。

「人道的観点から、いまじゃ生成を禁じられてるとかって──」

「そう。僕がさっき試していたのはその一種なんだよ。ああ、誤解のないように言っておくけど、あれを誰かに使用する気はなかったんだ。だからこんな事態になって僕自身も驚いてるんだよ」

口では驚いたと言いつつもそんな素振りは微塵《みじん》も感じさせずに、男はあくまでも淡々とした語り口を崩さない。

「薬効の詳細を説明しようか」

テーブルに片手をついた姿勢で遥の強張った表情を眺めながら、男は顔の前で右手の人差し指を立ててみせた。

「一つ。服用した者は生成時に混入された体液の持ち主——今回の場合、それは僕なんだけど、その者の体液なくしては生きていけない体になる」

「は？」

素《す》っ頓狂《とんきょう》な声を上げた遥には構わず、男は続いて中指も立てるとV字になった右手を遥に示した。

「二つ。持ち主の体液が得られない場合、服用者の体は禁断症状——強制発情に襲われ、体液を与えられない限りはその症状に苛まれることになる。それでもなお体液が得られない場合には、ひどい昏睡状態に陥る」

電化製品の取扱説明書でも読み上げるように、男はあくまでも涼しい顔でさらに爆弾発言を続ける。中指の隣にさらに指が並べられるのを、遥は瞬きを忘れた目でひたすら見つめるしかなかった。

「三つ。服用者は効能期間中は、体液の持ち主以外に欲情を抱けない。——以上、それが『束縛《restraint》』の主な薬効だよ」

（そりゃ禁制秘薬に指定されるよな…）

その薬効がまさに自分の身に降りかかっている、とは考えたくない。いまの説明がさっきまでの症状と合致している、なんてこともできれば忘れてしまいたい……。

（――つーか、ちょっと待て）

男の挙げた薬効はどれもこれもとんでもなかったが、何よりも遥にダメージを与えたのは三番目に告げられた「効果」だった。

「あんた以外に欲情できないって…」

「そう。効能期間中は僕に対してしか、劣情《れつじょう》を抱けない体になってるんだよ」

（まじかよ…）

悪夢ならここで覚めてくれと思うも、男の言葉は止まらない。

「普通は一錠で約三日分の効能なんだけど、君は五錠分を一度に摂取しているから恐らく二週間と少し、この症状に悩まされることになると思う」

「なんで俺がそんな目に…っ」

「自業自得、って言葉知ってる？」

それ以上反論しようのない単語を前に、遥が言葉を失ったのは言うまでもない。かくして遥は効果が切れるまでの間、25Rに在籍するこの男・椎名皇一に「束縛」される身となったのだ。

2

定期的に訪れる禁断症状のために、遥はその日から一人暮らしをしているという皇一のマンションに転がり込むはめになった。

朝、昼、夜と皇一のキスなくしては暮らせない生活もすでに五日目だ。

資料室でのFカップ作戦が失敗した昨日は、夜中になってまた顕れた禁断症状を今度は朝方近くまで焦らされて、けっきょく泣きながら二度イッたところでようやく許してもらえた。

それにしても一度にどれだけ達せられても、半日もするとまた満タンに近く貯蔵されているのは、あのいかがわしい薬のせいなのだろうか。おかげで「快楽」に関してだけは、何不自由のない日々を謳歌できている。

（その他がすべて最悪だけど…）

気絶寸前にまで追い込まれてもキスさえもらえれば体力は回復するので、遥は寝不足で鈍る頭を抱えながら今日も朝から登校していた。家には手っ取り早い理由として『追試に向けて先輩の家で泊り込みの勉強をしている』と言ってある。

勉強嫌いの遥がようやくそっち方面にも目覚めてくれたかと、いたく感激した父親に「当面の生活費にしなさい」と渡された封筒にはかなりの金額が入っており、そのうちの三分の一を名目どおり皇一に渡すと、遥は残りの三分の二を遊興費に費やすべく懐にしまい込んだ。一緒に暮らしていても禁断症状が顕れる前後以外、皇一は遥の生活には一切干渉してこない。それ以外の時間にどこで何をしていようと、特に興味はないらしい。

臨時収入をどう使おうか、最初の数日は楽しく悩んでいた遥だったが、取り巻きの女の子たちと遊べないいま、その金はほとんど手つかずのまま手元に残っていた。

(俺って他に趣味ないんじゃね…?)

それ以外の使い道が思いつかない時点でもう終わってるよな…と、自嘲気味に溜め息を零したところで「どうしたよ?」と、それを聞き咎めたらしい友人が遥の隣に並んで腰を下ろした。

「溜め息なんてらしくねーな」

「や、何つーかね…」

金曜の三、四限目は、隔週で種族別の選択授業が入る。

今日は休み前のライカン一斉体力テストが実施されていた。しかも第二体育館に集められたのは中でも体力自慢の野郎ばかりで、広がる風景はむさくるしいの極地だ。やたら高い天井にもかかわらず、空調がいき届いているのがせめてもの救いだろうか。

「女子がいないと華がねーなぁって…」

クラスに関係なく五十音順に振り分けられたチームで、定められた項目を一つずつクリアしていくのだが、先ほど試験中に怪我人が出たため遥たちのチームはひとまず待機を命じられている。

「そら、しょうがねーだろ。俺ら筋力特化組は男がほとんどなんだからさ」

そう言いながら、だらしなく床に胡坐《あぐら》を掻いた八重樫仁《やえがしじん》がメガネの奥の瞳を緩ませる。

「ま、来週さえ無事に乗りきりゃこのメンツともしばらくはオサラバだけど」

「夏休みねぇ…」

五日前まではかなり楽しみにしていた長期休暇も、いまは遥の気分を浮上させてくれるキーワードにはならない。なぜなら秘薬の薬効期間はそこまで及んでいるからだ。

(学校がある間に誤解を解きたかったな…)

どうやら遥はあの不名誉なレッテルを貼られたまま、夏休みの到来を待たねばならないらしい。

「待ち遠しいね、夏休みが」

(俺も五日前まではそう思ってたよ…)

口を開くと溜め息ばかりが零れそうで、遥は体育座りの膝に片肘をついて口元を覆った。遥が背もたれている壁に同じようにもたれながら、八重樫がメガネを人差し指で押し上げるのを何とはなしに眺める。当然ながらその側頭部には獣耳など生えてはいない。

八重樫は体力自慢の特化組の中でも異彩を放つほど、スレンダーな体躯《たいく》を持った15R所属のインテリメガネ男である。中等科で三年間同じクラスだったこともあり、高等科でクラスが離れたいまもこうして種族別の授業になると一緒にいることが多い。

「最近、浮かない顔してるじゃん?」

まだ試験中の他チームに視線を振り分けながら、八重樫がふいに声のトーンを低めてきた。

同時にこちらへと向けられる目線を察して、遥はさりげなく天井に視線を逃がすと、同じように低めた問いかけを返した。

「おまえさ、最近耳出したことある？」

「は？　んなのあるわけねーじゃん。つーか何、おまえ出したの？」

「出してない。出してません」

「だよな。いまさら耳なんか出してたらライカン中の笑い者だぜ？」

（ですよねー…）

他の種族にはないライカンだけの特徴の一つ、それがあの「獣耳」だ。

古来であれば全身に及んでいたのだろう獣化変容《メタモルフォーゼ》も、いまではそのほとんどの機能が退化してしまっている。完全に変化できるライカンなど、いまや現存していないだろう。

感情が昂ったり我を見失った時にだけ、名残りのように耳だけが変容してしまうのが現代に生きる狼男たちの現状だった。だがそれも年齢を重ねるごとに制御法を学んでいくので、九割以上のライカンは中等科に上がる頃には人前に耳を晒すことなど皆無に等しくなる。幼少時ならまだしもこの歳でそう簡単に耳など出していたら、周囲に後ろ指差されるのは必至だった。

ライカンにとってあの耳は、とりわけ過敏でデリケートな部位なのだ。そんな恥部を人前に晒すこと自体がまず恥ずかしいし、同時にライカンとしてできて当然の体質コントロールすらできない半端者として、不名誉なレッテルを貼られるはめになる。この期に及んでそんなレッテルまで追加されるのだけは断固避けたい処遇だった。

あの日、強制発情で耳を出してからというもの、些細《ささい》な刺激でもうっかり出てしまいそうになるので遥にとっては気の抜けない日々がずっと続いている。

そういう意味では早く夏休みになって欲しいと思うのだが、親にああ言ってしまった手前、追試をサボるわけにもいかず、とにかく薬効が切れるその日までどうにか平穏にすごせますように…と願うのだけが、遥にとっての精一杯だった。

「あーあ…」

また無意識に零していた嘆息《たんそく》を、「はい、二つめー」と律儀に拾い上げた八重樫がニッと人懐こく微笑んでみせた。

「なんか悩んでんなら言ってみって」

「………」

相談に乗るから——というよりは、何か面白そうだからとりあえず絡んでおこうという魂胆が、メガネの向こうにわかりやすく透けている。だが少なからず友人を心配しているらしい色合いもその奥に仄《ほの》見えたので、遥は重荷になっている事柄を一つだけ素直に吐き出すことにした。

「んー…、追試がちょっとね」

「追試？　神前にはそのテのイベント、関係ないんじゃなかったっけ？」

「それがさ、今回は頑張る的なこと親に言っちゃったから、いちおうそれなりの成績は取っとかねーとかなって…」

週明けすぐに祝日返上で予定されている追試が、ただでさえ沈みがちな遥の気分をさらに重くしているのもまた事実だ。いままでまともに取り組んだことがないため、正直どこから手をつけていいのか途方に暮れているのだ。もっとマシな外泊理由を告げればよかった…と思うも、これまたすでに後の祭りだ。

（ま、向こうもいまさら俺に過度な期待はしてないだろーけど…）

たとえここで華々しい成績を収められなくても、遥の処遇が変わることはない。

跡目とは縁のない「次男」であるがゆえに。

「追試ねえ……俺はてっきり別の理由でついてる溜め息かと思ってたけどな」

「別の理由？　ああ、噂？」

飲むか、と差し出されたスポーツドリンクをありがたく受け取って一口含む。

こちらが考えている以上にあの噂は一人歩きしているらしく、今日は取り巻きの女の子たち数人にも「負けないで、遥くん！」と無駄に励まされてしまった。

（励まされるってのも微妙だよな…）

事実、遥が不能になったのだとしてそんなふうにエールを送られたら、そっぽを向かれるよりも逆に堪《こた》えそうな気がした。

「ま、それもあるけどさ。ぶっちゃけ皇一先輩と暮らしてんだろ、いま」

「――……ッ！」

飲みかけのスポーツドリンクを思わず吹き出しそうになった遥を見て、八重樫はメガネの奥の双眸を「してやったり」とばかり眇めて笑った。

「やっぱりか。同居までは推測だったんだけどね、一緒の車で登校するんならもっと人目につかないところで降ろしてもらえよ」

皇一は、ウィッチでは最大派閥を誇る『椎名』本家の一人息子だ。一人暮らしを許されていても、朝には登校用にと黒塗りの車がマンションの下に横づけされる。遥も毎朝その車のお世話になっているのだが、さすがに構内まで乗せてもらうと噂がさらにおかしな方向に捻《ね》じ曲がりそうなので、学院近くまできたところで降ろしてもらっていたのだが…。

「見てたのかよ」

「あの裏道は俺の登校路でね。三日連続でそんな光景見かけりゃ、これは何かあるな…と思うのが普通だろ。いまんところ俺しか気づいてないと思うけどね」

八重樫の人懐こい造りの顔には常に爽やかな笑顔が浮かべられているのだが、その裏ではとんでもない悪巧みをしていたりするのでとかく油断がならない。校内外の事情にも異常なほど通じていて、黒い噂も何かと絶えない——そんな男を前に白を切れるほど、遥は頑健な心臓を持ち合わせてはいなかった。

(えーと、何だっけ…)

誰かに詮索《せんさく》されたらこう言え、と皇一に指示されていた単語を必死に思い出す。

「えっとあの、いまチケンに協力してて…」

「治験？　ああ、なるほどねぇ」

遥の脳内では漢字変換すらできていなかった単語を聞いてあっさり納得しつつも、八重樫はやや不可解そうに首を傾げた。

「それならまあ納得できっけどさ、ちょっとめずらしいよな、あの孤高の天才が誰かに協力を依頼するなんてさ」

「えっと、俺のタイプがたまたま適してたとかって……——孤高の天才？」

「そ。『椎名』家はじまって以来の才能かもしれないって、ウィッチの世界じゃかなりの有名人だぜ。オリジナル配合の特許もいくつか持ってるしな。あの人に作れない薬はないんじゃねーかって噂」

「へえ、そうなんだ」

単純に感心しながら頷いた遥に、八重樫の呆れた眼差しがじっと注がれる。

「おまえ、協力してるわりに何も知らねーのな。その分じゃ『椎名』家が東西で分裂してる、ってのも知らねーだろ？」

「分裂？」

「やっぱりか…」

八重樫曰《いわ》く、椎名家は数十年前から東と西とで袂《たもと》を分かち、いまでは両家がそれぞれに「本家」を名乗り、相手を「分家」と貶《おとし》める対立の図式が成り立っているのだという。何よりも「血筋」を重んじる西の本家に対し、血筋よりも「能力」を尊ぶのが皇一の生まれた東の本家ということらしい。

「より優れた能力を輩出するためには近親婚もやむを得ない、っていう過激な家なんだよ、あそこは。皇一先輩の許婚《いいなずけ》は実の妹だって噂もあるくらいでね」

妹の方は学年が同じおかげで、遥にも多少の覚えがあった。確か召喚系の能力で、初等科時代に最年少でクイーンの称号を得たのが彼女ではなかったろうか。

「優れた能力同士をかけ合わせることで、より優れた能力を作り出そうって頭しか、あの家の幹部連中にはないらしいな」

——ってのがもっぱらの噂だけど、と話を一度そこで区切ると、八重樫は壁から離した背を丸めながらジャージのポケットに両手を突っ込んだ。

「そういう背景があってか、あの人すごい人間不信なんだよね。能力が薬物生成に長けてることもあって、登校してきても日がな一日専科棟にこもってるし、すでにその才はキングと認められてるから学院側も干渉しないしな。あの人と親しいってヤツを俺はほとんど知らない」

情報通の八重樫が言うからにはそのとおりなんだろう。言われてみれば、専科棟以外で皇一の姿を見かけたことはほとんどない。

「あの鋼鉄の無表情が、あの人の得た処世術なのかもしんねーけどな。たまに本当に感情がないのかもしれないって、思うことがあるよ。あの人を見てるとね」

(確かにな…)

たいがいのことに無関心なんだな、というのがこの五日間、皇一と一緒に暮らしてみて遥が抱いた感想の一つだった。

(でも——)

八重樫の言葉に対して、ふいに反論めいたものが口に上りそうになって遥は尖らせた下唇を指先でつまんだ。こちらに無干渉なわりには、あの家でいままで不便な思いをしたことがないということにいま初めて思い至る。

家事に携わったことがないのは最初から見抜かれていたようで、洗濯機や主な家電のそばには使い方を書いたメモが貼られていたし、冷蔵庫や戸棚を開ければ手軽に作れるインスタントものが常に詰め込まれていた。中身は好きにしていいと言われていたので気にもせず物色していた遥だが、そういえばその手合いの食品に皇一が手をつけているのは見たことがなかった。

(実はかなり気遣われてた……?)

家で顔を合わせていても会話がなくて気詰まりになった、という覚えはない。皇一から話しかけてくることもあったし、遥の呼びかけに対しても普通に応えてくれる。一度だけ真面目にリビングで教科書を開いていた時も、遥の頻繁な問いかけに皇一は億劫《おっくう》な様子も見せず丁寧に答えを返してくれていた。無表情は相変わらずだったけれど、言動すべてが素っ気《そけ》なかったわけではない。

(いや、むしろ――)

伏せていた視線を反対側へ据えると、遥は壁の向こう側、専科棟がある方向へと眼差しを向けた。

「感情がないってわけじゃないと思うけど。ただそれがわかりにくいってだけで…」

「へーえ?」

「……や、俺もよくはわかんねーけど」

遥の出した結論を興味深そうに聞きながら、八重樫は「ふうん…」と一度だけ意味ありげな視線を遥に走らせた。

(ん……?)

だがその視線に不審を抱くよりも前に、八重樫は大仰に両手を広げてみせると、「それにしてもビックリだな」と今度はおどけたように笑ってみせた。

「神前が女子以外で誰かを庇うなんてさ。めずらしいこともあるもんだ。こりゃ、あっちの噂も本当なんじゃねーの？」

「あっち？」

「いま最新の情報だよ。神前遥は不能になったんじゃなくて、女から男に宗旨替えしたんじゃないかっていうね」

（な、んだよソレ…）

思わず『開いた口が塞がらない』を具現している遥には構わず、八重樫は要らない講釈を笑顔でさらに続けてくれた。

「おまえって一部の男連中にはやけにウケがいいんだよな。その小悪魔的な雰囲気にそそられるとかっつー話。校内にも実はかなりの数、ファンいるらしいぜ？　で、実を言うと俺もおまえ相手なら悪くないなーと思ってたんだけど。今晩あたりどうよ、ヒマ？」

「――――」

失った言葉を取り戻せないまま、慌てて八重樫の顔を見返すと、その瞳にはありありと揶揄《やゆ》の色が浮かべられていた。

「な、んだ……」

一気に脱力した体をぐったりと壁に預けながら、今度は憂慮《ゆうりょ》ではなく安堵の嘆息が漏れる。四年目の友情がここで途切れるのかと、一瞬でも疑った自分がバカみたいだ。

「ま、俺はともかくそういう輩も中にはいるってこった」

（そういえば今朝あたりから、やけに男に声をかけられるような…）

同性は圏外なので気にも留めていなかったのだが、裏にそんな噂が隠れていたとは知らなかった。

「ま、身辺には気をつけろよ」

そんなありがたくもない忠告を最後にもらいながら、遥は「アイアイサー…」と力ない敬礼を八重樫に送った。

「さーてそろそろ出番かね」

立ち上がった八重樫に釣られてフロアに目を向けると、教師陣の動きがにわかに慌ただしくなっていた。そろそろこのチームにも出番が回ってくる頃だろうか。

「Kチーム、再開だ」

やや してかけられた教師の招集に遥が立ち上がろうとしたところで、「ほらよ」と八重樫の手が目前に差し伸べられた。

「サンキュ」

その腕に引き起こされたところで、意図せず近づいた遥の耳元に八重樫がさりげなく唇を寄せる。

「ちなみにこれは追加情報な」

先ほどよりもさらに低めた声が、辺りを憚《はばか》るように素早くその後を続けた。

「最近、誰かに一目惚れしたらしいって噂を聞いたんだけどね」

「は？　誰が？」

「皇一先輩。そのせいで跡目は継がないとか、本家ではちょっと揉めてるらしいな」

「ふうん…」

「ま、現段階ではまだ未確認なんだけど」

(——で、それを聞いて俺にどうしろと?)

遥の頭頂部に大きなクエッションマークが浮かんだところで、招集を再度呼びかける教師の大声がフロアに響いた。

「べつに深い意味はねーよ。ただ先輩絡みで思い出したから言っただけー」

鮮やかなスマイルを浮かべてから、八重樫が踵を返す。一拍遅れてその背中を追いかけながら。

(あー…そういうことね)

察したメガネの魂胆に、遥はやれやれ…と心中だけで肩を竦めた。要するに、皇一関連で何か新しいことがわかったら自分にリークしろと、そういうことだろう。

「それも悪くねーか」

情報を流せばそれなりの報酬は見込めるので、これは何気にいい「アルバイト」だ。けして金には困っていないが——そんな名目でもあれば、少しはこの不条理な生活にも意義が見出せるのではないか?

さっそく今日からリサーチだ! と思うだけでも、気分がいくらか浮上した気がした。

(転んでもただじゃ起きないってね)

それがあと数時間しかもたない気分であることを知らずに、遥はいつになく張りきった結果を体力テストに残した。

3

「先輩、好きな人いるって本当？」

「そのせいで家と揉めてるってマジ？」

「許婚が実の妹って噂は――？」

皇一が帰ってくるなり、リビングではじまった諜報《ちょうほう》活動に終止符《ピリオド》を打ったのは。

「ああ、君って八重樫と親しかったっけ」

そんな簡素な一言だった。遥の不純な動機など即座に看破《かんぱ》できたらしい。

（はい、アルバイト強制終了ー…）

カンカンカーン、と試合終了のゴングが脳内で鳴り響く。敗れたボクサーのようにがっくりと首を垂れた遥に、皇一は制服のタイを緩めながらさらなる苦言を呈した。

「君はあんまりそういうのに向いてないと思うけどね」

「自分でもそう思います…」

こんな直球勝負で真相が聞き出せるのなら、とっくに八重樫が敢行《かんこう》していることだろう。そうは思うがこれ以外の方法を一つも思いつかなかったのだから仕方がない。

これでもいちおう、昼休みから計画を練ってはいたのだ。校内ではきっと口にしないだろうから、昼すぎに会った時ではなく夜になってから家で聞くのがベストだろうとか。もしかしたら好物の何かと引き替えだったら、情報を提供してくれるかもしれないとか。

（全部、徒労じゃん…）

右頬をテーブルに押しつけながら、だらりと両手を落として落胆する遥に憐憫《れんびん》を覚えたのか、自室へと向かいがてら皇一の手が一度だけふわりと遥の頭を撫でた。

「そのための手間ヒマは買うよ。誰に教わったの、僕の好物」

匂いで察したのだろう、キッチンのコンロには鍋いっぱいのクラムチャウダーが煮えている。

昔からこれにだけは目がないのよね、と言ってUSブランドのスープ缶を教えてくれたのは、妹の真芹《ませり》だった。私服に着替えて戻ってきた皇一にありのままを告白すると、兄としては妹の手助けが意外だったのか、へーえ…と語尾を鈍らせた。

「見返りとして何か、法外なものを要求されなかった？」

「え？　いや、快く教えてくれたけど…」

わざわざ放課後にそんなことを訊きにいった遥に、真芹は予想外なほど親切にその銘柄《めいがら》と入手先までを教えてくれたのだ。ただ不可解なことに、その際「兄をどうぞよろしく」と、なぜか熱心な握手を求められたのだが、その意味はいまだもって不明なままである。

（何にしろ、この作戦は失敗だったな…）

調理にはほとんど手を出したことのない遥でも、中身を牛乳で伸ばして温めるだけ、という作業なら容易《たやす》い。だが加減がわからずいくつもの缶を開けてしまい、結果的には何人分になるのかしれない分量がいま大鍋でコトコトと煮えているのだが、こうなってしまってはもう出番もない。

せっかく作ったのにな…と頬を膨らませたところで、コトと小さくテーブルが鳴った。

「君は？　もう食べたの？」

「え、あ、まだ…」

「じゃあそれは君の分。ついでにバゲットもいまオーブンで温めてるから」

見るとテーブルには湯気の立つスープ皿が置かれていた。そういえばスープ作りに夢中で、自分の夕食にまでは気が回っていなかったことをいまになって思い出す。自覚した途端にグー…と小さく腹の虫が鳴いた。

食事にそれほど頓着《とんちゃく》しないため、遥の三食はスナック菓子やジャンクフードで終わってしまうこともままあった。中学に上がった頃から家で食事を取る習慣がほとんどなくなってしまったため、いつの間にかそんな悪癖が身についてしまっているのだ。

こんなふうにきちんと夕食を取るのなんていつ以来だろうと思った瞬間、まったく同じことを皇一が無表情のままに呟いた。

「いつもはたいがい、バランス栄養食で済ませちゃうんだよ。ブロックかゼリーかドリンクかの選択肢しかないからね。こういう食事は新鮮に感じるな」

「でも、これが好物って…」

「うん。昔は好きでよく作ってもらってたんだよ。久しぶりにそれを思い出した」

自分の分のスープとバゲットの載った大皿とをテーブルに置いてから、皇一が遥の向かい側の椅子を引く。

「いただきます…」

スープ皿に差し込まれていたスプーンで一口分をすくうと、遥は慎重にそれを口元へと運んだ。重度の猫舌なので、このテのものはよくよく冷ましてからでないと大変な目に遭うのだ。熱くないのを確認してからそっと口に含むと、途端に貝の旨《うま》みとミルクの風味とが口中に優しく広がっていった。

「あ、おいしい…」

思わず零れ出た言葉は、このところ久しく口にしていなかったフレーズだ。

「自分で作るとまた格別なんじゃないの」

（あ、なるほど）

言われてみれば、自分で作ったものを口にするのはこれが初めてだった。

「僕も、食事は栄養さえ摂れれば充分だと思ってたからね、こんなふうに味を楽しむのは本当に久しぶりだよ」

温かいバゲットを浸して食べるとまた違う味わいがある。

淡々と食事を続ける皇一に何か適当な話題でも振ろうと口を開きかけたところで、「そういえば君は次男なんだっけ？」と先に皇一が口を開いた。

「うん。お気楽が身上のね」

「次男じゃなくて長男に生まれたかったたって、思ったことはない？」

ちぎったバゲットを口元に運びながら、皇一がテーブルに伏せていた視線をふと持ち上げる。相変わらず思考の読めない無機質な光がそこにはあった。

「長男にー？　それはないなぁ」

「——本当に？」

遥の即答が意外だったのか、皇一は食事の手を止めるとわずかに細めた視線を遥の襟元に注いだ。

そういえば帰ってからすぐにスープ作りに没頭してしまったため、すっかり着替えるタイミングを逸していたのだ。

「ないよ。だいたいそんな器じゃねーし」

制服の襟元で光る「N」を弄りながら肩を竦めてみせると、皇一はすぐに何事もなかったように食事を再開した。

「むしろ、次男でよかったと思ってるしね」

同じ血が流れている兄は「R」を胸に留めたまま華々しく学院を卒業していったが、それを羨《うらや》ましいと思ったことはない。高い能力を持つことで課せられる重荷や制限があることを、誰よりもそばで見て知っていたから。安易に羨望《せんぼう》などは抱かない。それ以前に兄の肩には「跡目」としての重責もすでに乗せられていたのだから。

長男には長男の、次男には次男の、それぞれの役割と分担というものがある。そこからはみ出さなければ何をしてもいいと言われた自分と違い、兄はその領域から出ずにどこまでも上を目指せと父に厳命されていた。

『大丈夫、おまえにはおまえの道があるから。俺と自分を比べるな。のびのび育てよ』

九つ年の離れた兄は、遥にとってあまり家にいない父よりも身近で頼れる存在だった。その兄を心配させたくなくて、お気楽な次男というスタンスを保ち続けた結果、いまではそれが自分のスタイルとして定着してしまったような気がする。

跡目として敷かれたレールを一度も外れることなく、課された関門のすべてを突破し、いまは人生の予定表どおり、海外での鍛錬を積んでいる兄は遥の自慢の種だった。

「じゃあ、君は現状に満足してるんだね」

スープをすくいながら発された皇一の言葉に、遥は迷いなく、うんと頷いた。

それを見つめる暗緑色の眼差しにうっすらとだが感情の色が浮かんだ気がして、ふと皇一はいまの神前家の現状を知っているのかもしれないと思いつく。

「もしかして、俺にメロウな告白を期待してるんだったらお生憎《あいにく》だぜ?」

先手を打ったつもりで皇一にスプーンを突きつけると、遥はフフンと片目を眇めた。

(ま、確かに現状はメロドラマだけど)

海外での就職をはたした兄が去って以来、神前家では秩序が半ば崩壊してしまったのだ。——いや、兄こそが神前家の秩序だったというべきだろうか。

跡継ぎとしての名に恥じない学業と功績を修めた兄が父親の立てた予定どおり独り立ちしてからというもの、お役御免といったところなのか、父親も母親もそれぞれに自分の人生を謳歌することに専念しはじめた。兄が『神前』を治めるに相応しい器として大成したことで、父も肩の荷が下りたのだろう。

『私たちはこれから好きに暮らすから、おまえもおまえの範囲内で好きにしなさい』

中学に上がってすぐ、そう言われた覚えがある。優秀な跡目を産み、育て上げたことで母親も大任から解放されたのだろう。いまは夫ではない男のもとで、週のほとんどをすごしていた。その点は父親も似たような生活で、両親ともに月に数度顔を合わせるのがせいぜいだった。

だからといって遥が蔑《ないがし》ろにされているわけではけしてない。週に二度は両親から安否を気遣う電話が入るし、何か困ったことが起こればすぐに相談に乗ってくれるだろう。そういう点では惜しみない愛情を傾けてくれる両親に、感謝の念を忘れたことはない。

「ま……多少、思うところはあったけどね」

冷めてきたスープを緩く掻き回しながら、少しだけ遠い目をその中に注ぐ。

兄の海外就職を期に一気に空中分解したかのような家の雰囲気に、最初は確かにかなり戸惑った。だがその環境しかないとわかると、頭も体も次第にその生活に適応していくものなのだと、遥は数ヵ月もしないうちに学んだ。

上を見ても下を見ても、比べはじめたらキリがない。だったら自分の目線で現状を捉えるしかない。そう悟ってからはこの生活も悪くないと思えるようになった。

「前向きなんだね」

「ま、ね。なんたって遊び放題だし？」

定められたいくつかのルールさえ守っていれば、遥の自由は保証されているのだ。

一週間以上、家を空ける場合は両親のいずれかに理由を告げること、家には女の子を連れ込まないこと、学校にはきちんと登校すること——。それ以外はほぼ、遥の自主性に委《ゆだ》ねられていた。

「それにしても、君には誘導尋問《じんもん》なんてものは必要ないみたいだね」

バゲットの一片をスープに潜らせながら、皇一がするりとそんな呟きを零す。

「へ…?」

そこに至って初めて、問われるままにぺらぺらと心情を語っていた自分に気づく。

「フェアじゃないから、僕も少しは君に語るべきなのかな」

スープ皿から上がった暗緑色の瞳に、今度は若干ながら明らかに揶揄の色合いを見つけて、遥は派手に眉を顰《ひそ》めた。

「あんた、趣味悪い…」

「君に指摘されるまでもない」

もしかしたら軽い意趣返しのつもりだったのかもしれないが、元来単純な遥にはその意図すら汲《く》めなかったという、無駄にコミカルなシーンを演じてしまったようだ。

「ちなみにさっきの答えは全部イエスだよ」

「え?」

バゲットをちぎりながらおもむろに返された皇一のアンサーに、一瞬飛来しかけた疑問符を慌てて頭の隅に押しやる。

「って、まさか…」

「オフレコでよろしく」

皇一の薄い唇に人差し指が立てられる。

（ってことは好きなヤツがいて、そのせいで家で揉めてて、しかも許婚は実の妹…？）

自分で聞いておいていまさらだが、そんなプライベートなことに関してまさか本当に答えが返ってくるとは思っていなかったので、思わずポカンと口が開いてしまう。

「豆鉄砲を食らった鳩《はと》」

「へ？」

「君のいまの顔」

昼前に続き、今度は『鳩豆』を体現していたらしい自分の顔を慌てて片手ではたくと、遥は「そっかー…」と声を曇らせた。

「やっぱ長男って大変だよな…」

スプーンを片手に行儀悪く頬杖《ほおづえ》をつきながら、重い溜め息をテーブルに散らす。

「僕の場合は長兄だからという理由じゃないけどね。生まれた時にはもう死ぬまでのレールが敷かれているような家なんだよ。望んで得たわけでもない能力のおかげでね」

それに対する愁嘆《しゅうたん》も、憤慨《ふんがい》も、何も浮かばない瞳が真正面からじっと遥を見据える。

その奥に、ただひとつだけ読み取れた感情に――。

「……っ」

遥は慌てて逸らした視線をテーブルの隅に縫いつけた。皇一の面差しになぜか兄の容貌が重なるような気がしたのだ。表情豊かだった兄とは似ても似つかないのに…。

父親の決めた相手との結婚が来年に決まった、と先日帰国した時に報告してくれた兄の笑顔を思い出す。家に対しても父親に対しても、一度も反発などしたことのない兄だったけれど、その心中までは量り知れない。もしかしたら兄にもそんなふうに、添い遂げたいと思う人が他にいたのかもしれない。そう思うと、お気楽な自分の立場が無性に歯痒《はがゆ》くて堪らなくなる。

(兄さんにも好きな人とかいたのかな…)

跡目であるがゆえ手放したものの中には、そんなふうに輝く思いもきっとあったろう。

一度だけ、兄が自分に漏らした本音を遥はいまも忘れられないでいる。昼寝で微睡《まどろ》む五歳児を見守りながらの、兄としては他愛ない独り言のつもりだったのだろう。

『おまえはいいな。羨ましいよ』

あまりにひっそりとした呟きだったから、自分は聞かなかったことにした方がいいのだろうと寝たふりをする遥には気づかず、兄は弟の頭を撫でるとすぐに部屋を出ていった。だから自分がそんな一言を覚えているとは夢にも思っていないだろう。

『だったら兄さんも――…』

あの日からずっと言いたかった言葉は、けっきょく言えないままこの胸に残っている。

(俺が言うんじゃムシがよすぎるよな…)

魔族はヒト以上に血筋や伝統、そして才能を重んじる風潮が根強い。

特に名門と謳われる家柄は、そのしきたりを尊重することで長年の繁栄を維持し続けているのだ。

長男であるがゆえ、能力が高いゆえ――そうしたいくつもの制約にその者の自我を押し込めることで成立する「名家」がどれだけあることか。

（次男で、秀でた能力もない俺は……）

たとえどんなに望んだところで家名を継ぐことは叶わない。神前家においては次男であるがゆえ、いずれは家を出なくてはならない身の上だった。何も望まれず、何も期待されず、何も求められない。それもまた遥が望んで手に入れた立場ではない。

「ああ、君の境遇を羨んだわけじゃないよ。君の資質がね、羨ましいと思ったんだ」

「資質…？」

テーブルから視線を浮かせると、皇一はどこか遠い眼差しを遥の方へと向けていた。自分を通して向こう側にある何かを見ているような、そんな雰囲気だ。

「君のその屈託のなさや明るさは、僕には無縁の要素だからね」

「……えっと。その分、俺には冷静さや落ち着きが欠けてるって言いたいのかな？」

面と向かって誉《ほ》められるのが照れくさくて思わずそんな憎まれ口を叩くと、皇一は「自虐《じぎゃく》的だね」と一言感想を述べてから暗緑色の瞳を少しだけ細めた。

（わ……）

それが笑みを孕《はら》んでいたような気がして、知れず目を奪われてしまう。

（そういえばこの人って、笑うとどんな顔になるんだろう…？）

昼間の八重樫の話によれば、皇一のこの無表情は「処世術」なのかもしれない、という話だった。ならば生まれた境遇がもし違っていたら、この人は普通に笑える人生を手に入れていたのかもしれない。こんなふうに表情を閉ざすことなく、もっと豊かに感情を表現する自由があったのではないだろうか。

(なあ、あんたが取り戻そうとしてるのって、そういうこと?)

跡継ぎとして生を享《う》けたがために、棄てなければならなかった「何か」を諦めないために。この人は抗《あらが》う道を選んだのだろうか。

「家で揉めてるってのは…」

「ああ、家督を妹に譲ろうかと思ってね。ついでに縁も切ってもらおうと思ったんだけど、これがなかなか認めてもらえなくて」

跡目の第一候補としては世にも過激なことをこともなげに言いながら、皇一はやれやれとうっすら片眉だけを上げてみせる。家督の権利のみならず、家ごと捨ててしまおうと思える「何か」が皇一の背中を押しているのだろう。

「それって好きな相手を選ぶため…?」

この冷たい氷のような表情の裏に、もしもそんな情熱が潜んでいたら…と思うと、なんだか無性に胸がざわめいた。

「だとしたら、かなりのロマンチストだね。生憎もっと現実的な理由からだけど——。恋が契機になったのは確かだよ」

(それって、ちょっとカッコよくね…?)

目の前で無表情にスープをすくっている男が、急に輝かしいオーラを背負って見えるのは気のせいだろうか。生き方を変えるほどの恋なんて、映画や本のようにフィクションの世界にしか存在しないものなんだと思っていた。

「なんか映画の主人公みたい…」

「さあ、どうだろう。現実はいろいろと甘くないからね。でも、もう決めたことだから。志を曲げる気はないよ」

（やっべー、惚れたらどうしよう…！）

そんな冗談じみたことを思いながら、知れず熱くなっていた胸を片手で押さえ込む。昔からどうもこういう話に弱いのだ。男はロマンチストが多いというが、自分もたいがいその眷属《けんぞく》なのだろう。

「俺さ、あんたのこと応援する。恋でも、家督問題でもさ！」

「――――」

唐突に熱く語り出した遥に虚をつかれたように、一瞬だけ皇一の動きが固まる。それにすら気づかずに、遥はなおも「やっぱ恋ってさ、障害とかあった方が燃えるよね！」などとひとしきり一人で盛り上がった。

（俺もそんな恋に落ちてみてーなぁ…）

遥にとっての「恋」は、いまのところ「セックス」とほぼイコールだ。一時の感情に身を任せて、気楽に楽しめる恋ばかりをこれまで選んできたけれど、本当はそんな身を焦がすような情熱にずっと憧れているのだ。

「ってことで、やっぱロマンスに障害はつきものだって思うわけ」

遥の勢いに呑まれたのか、しばし聞き役に徹していた皇一がスプーンを置いて食事を終える。話すのに夢中でおろそかになっていた遥のスープはすっかり冷めきっていた。

「――つーか俺、熱くなり過ぎ…？」

ようやく我に返ったように食事を再開した遥に、皇一は呆れる様子もなく「いや」と小さく返してからテーブルに片肘をついた。

「君の話は興味深いよ」

「って、あんまマジに聞かれても困るんだけどさ…」

スプーンを咥《くわ》えたまま器用にモクモクと頬を動かす遥に、皇一の静かなる眼差しが注がれる。残っていたバゲットもあっという間に胃に収めると、遥もすぐに夕飯を終えた。

一度食器を片づけてから、皇一が用意してくれた食後のお茶にまた向かい合って手をつける。明日が休みだからか、こんなふうに二人で話しているからか、なんだかとてもゆったりとした気分だった。

たまにはこういうのも悪くないな、と思いながら湯気の立つ緑茶に息を吹きかける。

朝と夜は一人で適当に、昼は取り巻きの誰かとランチしてから膝枕で昼寝、それが遥のオーソドックスな食事スタイルだ。二ヵ月に一度は両親との会食も定期的に設けられていたが、会話が進むのは食事の間ばかりで食後はすぐに解散してしまうのが常だった。こんなふうに団欒《だんらん》の時間を持つなんて、ここ数年来なかったことだ。

（ちょっと楽しーカモ）

「俺さ、恋って生きてくうえですげー重要なファクターだと思うんだよね」

寡黙《かもく》な聞き役を得て興が乗ったのか、またも持論を展開しはじめた遥に皇一の熱のない眼差しが向けられる。その目線がふいに逸れて、テーブルの隅にパタリと落とされた。

「——恋ね。自分の思いが本当に恋なのかは自信がないけどな」

「うーん、まあ俺もホントの恋とかはよくわかんねーけどさぁ…」

恋の真贋《しんがん》なんてものは、あったとしても本人には見抜けないだろう。当事者が本物だと思っているうちは、誰が贋物《にせもの》だと忠言したところで耳を貸すわけがない。そんなふうにまでして一心に信じられるのは、恋の衝動が抗いがたいものだからだろう。

「何つーか好きだと思ったらさ、そばにいたいとか触ってみたいとか、キスしたいとか思うのが普通じゃん？　そういうの少しでも感じたら、もう恋でいいんじゃねーの？」

即物的と言われるかもしれないが、恋の初動なんて常にそんなものだ。

好きだから触れてみたい、好きだからそばにいたい——。好きだからキスしたくなるし、抱きたくなるのだ。遥にとってそれはとても自然で、簡単なロジックの帰結だ。

「触ったりキスしたり？」

「うん。だってしたくなるだろ？」

「——ああ、確かにね」

（え？）

皇一が身を乗り出してきた、と思った時にはもう唇が塞がれていた。顎を取られて上向けられた唇に、皇一の熱が入り込んでくる。

「ん…っ、ン……」

テーブル越しのキスはいつもの「儀式」よりは長引かずに、けれどいつもより少しだけ情熱的に遥の口内を蹂躙《じゅうりん》してから、すっと離れていった。

（え…？）

本日二度目の『鳩豆』顔になった遥にはまるで意識を払わず、皇一は手にした湯呑みをシンクに片づけると、「今日の分はこれで終了だね」と時計を指差してみせた。確かに時間的にはそろそろ禁断症状が出ていておかしくない時間帯だったけれど…。

「明日早いから今日はもうやすむよ。午後は空くから勉強でも見てあげようか」

そんなありがたい言葉に遥の思考が追いつくよりも早く、皇一は「おやすみ」とだけ言葉を残して自室へと消えてしまった。

（――いまのって、タイミング的にちょっと微妙じゃね…？）

いやいや偶然だよな…と思いつつも、生まれてしまった疑念がじわじわと胸に広がっていく。

あの人が好きな相手ってまさか……。

（俺、じゃないよね？）

単に明日早いから今晩の分はいまのでってことだよな。症状が出る前にキスされたのは前にもあったことだし、べつに他意はないんだよな…？　胸中の確認に返る答えは一つもない。

「……とりあえず俺も寝よっと」

頭の回路が黒煙を上げる前に思索を諦めると、遥はタイを抜きながらバスルームへと向かった。

4

翌日の午後になると、皇一は前日の言葉どおり遥の勉強の面倒を見てくれた。

その態度も表情もあまりにいつもどおりだったので、遥も特に構えることなくありがたくその指導を受けることにした。淡々とした教示は存外にわかりやすく、遥としては人生初めてと言っても過言ではないくらい集中して勉強に時間を費やした。出来の悪い遥の頭に呆れることもなく、皇一は「明日も時間があったら見てあげるよ」と後光がさして見えるような提案までしてくれた。

「マジお願いしまっす！」

その翌日の日曜日、皇一は遥の勉強に朝から晩までつき合ってくれた。おかげで万年落ちこぼれを自覚している遥にも、近年まれに見る自信が生まれはじめていた。

遥一人で予習をしていたならば、追試はまた惨憺《さんたん》たる結果に終わっていただろうが、はからずも皇一の助力を仰げたおかげで事態は大きく好転した。「今回はそこそこいけそうな気がする」などと、ついうっかり父親に口走ってしまった言葉も、このままいけばどうにか撤回せずに済みそうだった。

「マジありがとうございまっす！」

事実、祝日返上で受けた追試の結果は、翌日の火曜には明るい話題を遥の周囲に提供してくれた。金曜の夜以来、何となく揃《そろ》って取るのが慣わしのようになってきている夕飯の席で、遥は改めて皇一に頭を下げた。

本日の夕食も、茹《ゆ》でたパスタにレトルトのソースをかけるだけという手抜きディナーだが、皇一が冷蔵庫に入っていた野菜でミニサラダを作ったので、テーブルに並べてみると意外にもそれはきちんとした食卓に見えた。

向かい合って頭を下げる遥に、皇一は「べつに」といつもの口調で淡々と呟いた。

「礼を言われるほどのことはしてないよ」

「や！　だって俺、数学で五十点超えとか人生初だもん。超ウレシー！」

ほとんどの教科が常にそのレベルなので、遥の感慨もひとしおである。

満面笑顔で喜ぶ遥に、心もち弛《たゆ》ませた視線を投げかけながら、皇一は取り分けたサラダの小皿をとんと遥の前に置いた。

「よかったね」

「ホント、先輩さまさまって感じ！」

熱々のチーズソースに絡めたフェットチーネを、フォークに巻きつけてから口元へと運ぶ。できたての湯気をふーふーと子供のように冷ましている遥の前に、今度はなみなみとミルクの注がれたマグカップが置かれた。

「パスタ、熱いから気をつけて」

「あーい」

先日のスープで、遥がひどい猫舌であることはすっかりバレているらしい。何となく子供扱いされているような空気も感じるのだが、それがなぜか心地よくもあり、遥は皇一と二人で取るこの夕食の時間が次第に好きになりつつあった。

(誰かと食べる夕飯がこんなにいいもんだとは思わなかったなぁ…)

兄が家にいた頃は朝晩と食事をともにしていたが、その頃はそれがあたり前だったので気にも留めていなかったけれど。皇一と囲む食卓はとりたてて会話が弾むわけでもなく、時には無言で咀嚼《そしゃく》する時間がしばし続いたりもするのだが、その沈黙さえもがどうしてか快く感じられた。それは慣れのせいなのか、それとも——。

(やっぱり、すごく気遣われてるのかな…?)

ここ数日は特に、皇一の行動はどちらかといえば遥を中心に回っていた。勉強のことにしても、それ以外にしても。

金曜の夜からこれまでの間、例の「通過儀礼」はけっきょくキスのみで、以前のように必要以上に体を弄られることはなくなった。あんなふうに焦らされることも、耳を出すこともない。理由を問うと皇一からは「おおむね、禁断症状のデータは取れたから」という答えが返ってきたのだが。

(でもなぁ…)

『ああ、心配しなくていいよ。もうあんな恥ずかしい思いはしなくて済むから』

そうも言われているのだが、しかし——。

(男のサガってのは悲しいね…)

ここ数日は勉強に追われていたのでまだ気も紛れていたのだが、今晩からはそうもいかない。自らの欲求には常に素直に従ってきたので、こんなにも禁欲的な生活を送るのは初めての経験だった。

実を言うと昨晩、シャワーを浴びながら一度試してみたのだが、己に忠実だった下僕はいまだ反抗期の最中にあるらしく、ピクリとも反応しないままに時間ばかりがすぎていった。ヤケクソ混じりに皇一にされた時のことを思い出してみても、どうやら記憶の反芻だけでは奮起の材料には足らないらしい。

(シたいのにデキないなんて…)

——まるで拷問《ごうもん》のようだ。

このままではモヤモヤとした欲動だけが溜まっていって、いずれは自家中毒を起こしてしまいそうな気がした。

しかも皇一の様子からいくと、薬効が切れるまではあの定期的なキスだけで終わらされる可能性が充分にある。奔放《ほんぽう》な性生活を謳歌していた遥にとって、それは考えるだけでも恐ろしい事態だった。

(ムリ、耐えらんない……)

食事を終えてしばらくしてから遥は迷いに迷ったあげく、重厚そうなリクライニングチェアで文庫本を広げていた皇一の袖を無言で引っ張った。

「何？」

文字だらけのページから上げられた視線が、遥の潤んだ眼差しを真っ直ぐに捉える。

「えっと…」

非常に言いにくい。言いにくいのだが——致し方あるまい。部屋中に視線を泳がせながら、遥は意を決して口を開いた。

「シて、欲しいんだけど…」

「何を？」

「え、エロいこと…？」

他に言いようが思いつかず、直截《ちょくさい》的な言葉を口にした遥にようやく合点がいったのか、皇一は「ああ、そうか」と独りごちてからようやく腰を上げた。

「僕がしてあげないとイけないいんだったね」

「う…」

真っ赤になってなおも視線の空中遊泳を続ける遥の手を取ると、皇一は速やかに自室へと招いた。

「先にシャワー浴びる？　バスルームでするんでもいいけど、どこもいまさらかな。いままで散々あちこちでしてきたもんね」

皇一の言葉にさらに頬を熱くしながら、遥は繋いだままの手に力を込めた。

「焦らなくてもいいよ。好きなだけイカせてあげるから。希望はどれくらい？」

「た、たくさん…」

欲望に忠実な遥の言葉に呆れもせず「わかった」と告げると、皇一は空いている方の手で遥の蜜色の髪を撫でた。

「君はそういうところ本当に素直だよね」

「それってダメなこと…？」

「――いや、いいことだと思うよ」

服を脱がされながらキスをもらって、ただそれだけのことなのに腰が抜けそうになる。数日間の禁欲はヒートにも匹敵するくらいの欲情と衝動とを遥の体に漲《みなぎ》らせていた。

そこからは理性が飛ぶほどの快楽の記憶しかない。欲しがれば欲しがるだけ与えられる快感と愉悦《ゆえつ》に、遥は皇一の身に縋《すが》りながらいく度となく腰を震わせた。

「あ、ダメ…っ」

途中で出た耳を舐《ねぶ》られながら扱かれると堪らなくて、遥は泣きながら何度も皇一の手を濡らした。けっきょく、どれだけイカされたのかは覚えていない。気がつくとそのまま、皇一のベッドで眠りこけていた。

(うー…もう朝かー…)

眠い目を擦りつつ、パリパリとした感触のシーツを引き剝がして起き上がる。

事後に体を拭《ぬぐ》われたらしい形跡はあるのだが、まだあちこちに散っている名残りをシャワーで念入りに洗い流すと、遥は一人で皇一のマンションを出た。リビングにあったメモのとおり、皇一は先に登校したらしい。マンションの前には遥一人のために黒塗りの車がすでに待機していた。

「よう」

いつもの裏道に降りたところで、待っていたように背後から声をかけられる。

「道変えろって言わなかったっけ、俺?」

「メンドイからいーんだよ、これで」

会ってしまったからには仕方ない。遥は八重樫と並んで学校までの短い道程を辿った。

「で、どうよ。何か進展あった？」

あれから会うたびにこの台詞を聞かされるのだが、八重樫の問いに遥が色よい返事を返したことは一度もない。オフレコで、という皇一との約束を違える気はなかった。

「んー、特になし。あ、でも勉強教わっちゃってラッキーって感じ？」

「ああ、なるほどね。おまえの奇跡の追試結果は、やっぱり皇一先輩の仕業か」

（おいおい、奇跡とは失礼な）

確かに皇一の助力あっての結果ではあったが、それでもそこには多分に遥の努力も含まれる。それを滔々《とうとう》と語って聞かせながら正門を潜ったところで、ふいに八重樫がポンと遥の肩に手を置いた。

「俺、おまえのこと尊敬するわ。世界広しといえども、あの人にただでカテキョさせるとかおまえだけだよ。ツワモノすぎ」

「え、何それ？」

「あそこの兄妹はただじゃ動かないことで有名なんだぜ？　皇一先輩の薬なんて俺らじゃなくてもっと上のヤツらに流通するような代物だしな。モノによってはすげー高値がつくって話。自分らの能力切り売りすんのにもあんだけシビアなのに、無償奉仕とかってマジ信じられねー。あの人が誰かにそこまで肩入れしてんのとかって、初耳すぎるんですけど」

「そ、うなの…？」

「そもそも俺、あの人と会話成立したことないからね。所用で何回か関わったけどさ。必要最低限しか喋らないし、こっちの話も聞いてんだかかな。関心や興味のない相手は、あの人にとって存在してないも同然なんだよ」

「マジで？」

それは自分が知っている皇一とはずいぶんかけ離れたイメージな気がした。

「けっこう普通に喋るけどな…。昨日とかセロリが食べられないって自己申告してたし」

「うっわ、食事とかすんだあの人」

「や、するだろ普通に。アンドロイドじゃねんだからさ」

「俺、人造人間説に一票投じてたのになぁ」

そんな冗談めいた口調でごまかしつつも、八重樫はどうやら本気で驚いているらしい。さっきから置かれたままだった掌で、またポンポンと続けて遥の肩を叩いた。

「おまえさ、マージであの人に気に入られてんだなぁ…」

妙に感慨深げな八重樫の台詞に、ドキっと小さく胸が鳴った。

(やっぱ俺、気に入られてんのかな…？)

あれ以来ずっとその「疑問」は放置しているのだが、ふとした瞬間に浮き上がってくることもいままで何度となくあった。

優しくされるたびに、気遣われるたびに、もしかしたら自分はこの人の中で特別な位置に配されているのではないかと、心のどこかで思ってしまう自分がいるのだ。

（好きだと言われたわけでもないのに）

そう呆れ返る自分と、もしもそうだったら…と考えてしまう自分とが、交互に胸中を訪れては消えていく。

「俺としてはいま、ひとつの結論に達したね」

昇降口へと向かう人波の中で、八重樫が急にもったいぶった口調で声を潜めた。

「おまえの推測は求めてねーよ」

「まーね、違う可能性もあるしね。どっちにしろおまえの待遇が破格なのは、確実」

なあ、明日ヤリとか降っちゃったらどうするよ？　などと横で笑う八重樫に、遥は無言のまま歩調を合わせた。

皇一の思い人が自分である可能性が、どれほどあるのかは知らない。八重樫が言うようにまったく違う可能性だってもちろんある。だが問題なのはそこではない。

（どうしよう、やばいのかな俺…）

何がやばいって、もしそれが事実だったら「嬉しい」と思っている自分が胸のうちにいることだ。

（だってそしたら、あの人の人生変えたの俺ってことになるじゃん…？）

人生を変えてしまうほどの情熱を傾けた相手がもし自分だったら？　あの冷たく凍てついた表情の裏に、人知れず秘められた炎を点したのが他ならぬ自分だったら——？

（やっぱ嬉しい、よね…）

気づいたら熱くなっていた頬を片手で庇いながら、遥は昇降口へと続くポプラの並木道に踏み入った。初夏の風がさやさやと聞かせる葉擦れの音が、耳に心地いい。時折額に水滴があたるのは、朝方まで降っていた雨が葉の裏に潜んでいるからだろう。

「あ、なあ今日の降水確率って何パー？」

「さあ、知んねーけど…」

（そういえば梅雨はいつ明けるんだろう）

八重樫の言葉に空を見上げると、灰色の空は何とも言えないマーブル模様を頭上で描いていた。それはいまにも雨を降らしそうにも、逆にすぐに晴れ間を現しそうにも見える。混乱している、自分の心模様のようだった。

二週間前なら即座に「男に好かれるなんて冗談じゃない」と切り捨てていたことだろう。いまでも正直、男相手に恋愛なんて…という気持ちが頭のどこかに存在しているのも確かだ。でも、あの人が相手なら――。

（いいのか、俺……？）

自分でも自分の気持ちがよくつかめない。ぐるぐると渦巻くこの気持ちも、いつかすっきりと晴れる日がくるのだろうか？

「んじゃ、男に襲われないよう用心しろー」

「あー、はいはい」

メガネのお節介とは昇降口で別れると、遥はその足ですぐに専科棟に向かった。

なんとなく皇一に会いたい気分だった。けれど赴いた先、専科棟二階の窓は全部閉めきられていた。

「あ、いねーや…」

自分がいる時は必ずどこかの窓を開けておく、と以前に言っていたので、この様子では学校自体にきていないのかもしれない。

リビングに置いてあったメモには「昼休みに専科棟で」とあったので、その頃に出直せばまた会えるだろう。考えてみれば最後のキスからもうだいぶ経つが、遥の体に目立った変化はなかった。どうやら朝方、遥の意識がないうちに朝の分の儀式は終わっていたらしい。ということは次の禁断症状が出るのは早くても昼すぎだ。大人しく教室に戻ろうかとUターンしかけたところで。

「あ、れ?」

ふいに一階の窓が一ヵ所だけ開けられているのが目に入った。普段は厳重に施錠されている窓が、今日はなぜかポカリとそこだけが口を開けていたのだ。一階は自分の領分じゃない、といつだったか言っていたので皇一の仕業ではないだろう。

(そういえば一階って入ったことないな)

思いついてしまった途端、持ち前の好奇心がムクムクッと頭をもたげてきてしまう。

どうせこのままクラスに戻っても、楽しいことが待っているわけではない。取り巻きの子たちと距離を置いているせいで、遥のヒマ潰し手段はいま昼寝くらいしかないのだ。

(せっかくだから探検でもしてくかな)

二階には何度となく通ったけれど、こんなふうに一階に隙があるのは初めて見た。またいつこんな機会に恵まれるとも限らない。

「んじゃ、開けとく方が悪いってことで」

いつもながら勝手にそう決め込むと、遥はしばし辺りを窺ったのち、ひょいっとその中に身を躍らせた。しかし。

「——…ッ」

タイルに着地した途端、足の裏が焼けるような感覚に襲われる。慌てて足元を見ると、そこには魔方陣めいたものが書かれていた。

（げ、やばい…！）

危険を察知した時にはすでに遅し。全身の力が抜けて、遥はへたへたと床に座り込んでしまった。

「ハイ、子犬の捕獲完了ー」

背後で聞こえた声に慌てて振り向くと、そこには見たことのない男たちが数人、にやついた笑みを浮かべて立っていた。

「こうも簡単に引っかかるとはね」

そのうちの一人が近づいてくるなり、パチンと指を鳴らす。すると糸の切れたマリオネットのように、遥の体が完全にタイルの上に潰《つい》えた。体中の筋肉が弛緩《しかん》してしまったかのように動かない。

運ぶぞ、というリーダー格らしい男の指示で、遥は数人に抱えられて近くの小部屋へと連れ込まれた。どうやら八重樫の忠告が正しかったらしいことを、数人がかりで制服を脱がされながら知る。

（俺ってバカなんじゃないかな…？）

約一週間前にも禁を犯して後悔したばかりだというのに、自分には学習能力という機能がないのかもしれない、と半ば本気で疑いたくなる。

「ふうん、けっこうよさそうじゃん」

「だろ？　前々から目はつけてたんだよね」

自分を取り囲む男たちの記章は、どれも遥より上の学年ばかりだ。そのうちの一人と目が合って、遥はその顔にわずかながら見覚えがあることに気がついた。いつだったか交際を申し込まれて断った覚えのある男だ。

「あ、思い出してくれた？　あの時は手酷くフッてくれてどうもありがとう。いまさら男もＯＫですとかって噂を聞いたんでね。今日はそのお礼参りも兼ねてだよ」

「……っ」

唇が動くばかりで言葉にならない遥の反論を楽しげに眺めながら、男の手がゆっくりと動く。開かれた脚の間、さらにその奥に無遠慮に男の手が差し込まれた。

「思いの丈は存分に受け止めてもらうぜ」

（冗談じゃない…！）

以前から男に声をかけられること自体はわりとあったのだが、女好きを広言していたからか、こんなふうに襲われるのは今日が初めてだった。八重樫のありがたい忠告も、端《はな》からアリエナイと決めつけていた自分の浅はかさを呪ってやりたい…。

「男は初めて？　安心しろよ、俺らが優しくレクチャーしてやっからさ」

（誰も頼んでねーよ、そんなこと…っ！）

心の中で必死に叫びつつも、体の方は何の作用なのか、指先一つ自力では動かせない。

「そう緊張するなって。そっちも気持ちよくしてやっからさ」

仰向けに転がされたままシャツの前をはだけられて、前後左右からいくつもの手がじかに肌の上を這い回りはじめる。緊張で汗ばんだ素肌のあちこちに、やけに熱い掌が気色悪い感覚を同時にもたらした。

「……ッ！」

屹立した尖《とが》りに爪を立てられて、湧いてきた殺意がぼわっとこめかみの辺りで燃え上がる。けれどそれはすぐに、吹き荒れる不安と焦燥の嵐に掻き消されてしまった。

「この辺うろついてるのは見かけてたんでね。二階に忍び込んでるのも何度か見てたし、仕掛けるならココって読みは正しかったな」

「にしても反応悪くねー？　アレにかかると淫乱《いんらん》になるんじゃなかったのかよ」

「んー？　確かにあんま効きはよくねーかもな。様子見てクスリ足すか」

抵抗できない遥をことさら追い詰めるように、男たちはゆっくりシャツを脱がせると、今度はスラックスに手を伸ばした。

「腰、ほっそー。これつかんで後ろからガンガン突いてやりたいね」

スラックスから抜いた両脚を左右に割り広げられる。欲情で濁った眼差しが、四方から遥の半裸を見下ろしていた。

「男なしじゃいられない体にしてやるよ」

皇一の優しい手とはまるで違う暴漢たちの手が、体の至るところを這い回っては暴き立てていく。

（こ、怖い…！）

何もかもが違いすぎるその感覚に遥はひたすら恐怖しか感じなかった。

背後から上半身を抱えられて、無防備な首筋に舌を這わされる。そのままきつく吸いつかれて、生理的嫌悪から全身に鳥肌が立った。

「とりあえず順番決めようぜー」

自分たちも制服の前を寛げながら、男たちが遥の上でジャンケンをはじめる。こちらの意志などまるで構わずに進んでいく状況に、気づいたら涙がぼろぼろと溢れていた。

（助けて…）

脳裏に浮かぶのはたった一人の顔。

笑顔なんて一度も見たことないのに、あの眼差しがことのほか暖かいことを遥は知っている。冷めた表情によらず、その手つきがどれだけ優しいかもこの体が知っている。

「……ッ、……ッ」

声にはならない叫びで、遥は何度もその人の名前を呼んだ。くり返し、心の中で叫び続ける。

——と、ふいに薄暗かった室内に、眩いほどの光がさっと射し込んだ。

「ちょっと、あたしのテリトリーで勝手するなんていい度胸じゃない？」

目を凝らすと、逆光を背にした少女のシルエットが扉口に佇んでいるのが見えた。

「しかも、連れ込んでるのがよりによってそれなんだから、命知らずねぇ…」

突然の来訪者に向けて、口々に何か言い募る男たちを黙らせたのは、「悪いけど、あたし機嫌悪いの」という、氷よりも冷たく冴えきった声だった。

「だからさっさと引き渡してくれる？　グズグズしてると命の保証はしないわよ。ああ、死にたいんだったらべつに止めないけど」

つい最近、どこかで聞いた覚えのある声が淡々とそんなことを告げるのを。

（なんか…とりあえず、助かった……？）

遥は、次第に遠のいていく意識の向こう側で聞いた。


目を開けるとまず見たことのない天井が目に入った。

次いで今度は見覚えのある顔が、視界にフェイドインしてくる。

「起きた？」

真芹が人形のように円《つぶ》らな瞳をパチパチと瞬《しばたた》かせながら、こちらを覗き込んでいた。

見た目だけならまさに人形のような容姿が、皇一の年子の妹、真芹の特徴だった。色白の肌に薔薇《ばら》の花弁を落としたかのような唇。年頃にしては少々幼い顔立ちが、よけいにそのコントラストを際立たせていた。ビロードのような光沢を持つ瞳は皇一と同じ暗緑色で、髪色は明るめの蘇芳《すおう》。くるくると綺麗なカールを描いたそれは、制服の胸元までを豪奢《ごうしゃ》に彩っていた。

規定どおりに着こなされた制服が、これほどノーブルに似合う女生徒もいないだろう。

長い睫《まつげ》に覆われた瞳が、やんわりと弛むのを間近に見つめる。そんなふうに笑うとやっぱり似てるなぁ…と思いながら、遥は重だるい体をソファーの上に起こした。

「制服は失礼してあたしが着せさせてもらったわ。下着まで脱がされる前でよかったわね」

見ればシャツもスラックスも、元のように遥の体を包んでいる。いまさらながらシャツの合わせ目を両手でつかみながら、遥は伏し目がちな視線を辺りに巡らせた。

「えーと、ここは…?」

見慣れない部屋だった。八畳ほどの空間に置いてあるのはソファーが一つに、重厚な雰囲気のマホガニーの机が一つ。そして三方の壁をぐるりと囲んでいるのは天井まである高さの書棚だった。

「あたしの研究室よ。さっきの部屋の隣ね」

(さっき……)

その単語に付随して、自分が先ほどまで置かれていた状況をまざまざと思い出す。もし真芹が現れなかったら、自分はあのまま男たちの餌食《えじき》になっていたことだろう。

「えっと……助けてくれてありがとう」

「ああ、礼なら八重樫に言って? あたしはあいつに頼まれて、あなたに使い魔をつけてただけだから。代金もあいつ持ちよ」

どうやらあのメガネのおかげで、遥は窮地を救われたらしい。持つべきものはお節介な友人、なのかもしれない。

「あなたにかけられてた術も解いてあるわ。もっとも、それよりも前に何か強い作用がかかってるわね。そっちは媚薬の類?」

(えーっと…)

机の端によりかかりながら訝《いぶか》しげに眉を寄せる真芹の意識を他へ逸らすべく、遥は慌ててポンと両手を打ち合わせた。

「その使い魔、ってまだ俺についてるの?」

「いいえ。もう還したわ、一度きりっていう契約だったから。またつけて欲しいんなら今度はあなたが代金を払うのね」

「えーと、遠慮します…」

使い魔がどういうものを指すのかも遥にはよくわからないのだが、さすが「Q《クイーン》」を胸に留める者は使える能力の格が違いそうだ。

「さっきのヤツらは…?」

「とっくに逃げたわよ。『雷神』を召喚したから全員あちこち、焦げてるでしょうけど」

「……へーえ」

(いやいや、焦げてるって…)

最年少でクイーンを射止めた真芹がはたしてどんな能力を持っているのかは――…何となく知らない方が賢明に思えるのは気のせいだろうか。

「本当は『火竜』を呼ぼうかと思ったんだけど、そしたら確実に焼死体になっちゃうから我慢したのよ、これでも」

続く真芹の言葉にも「へえ、そうなんだー」と無難に相槌を打ちながら、遥は静かに背筋を凍らせた。それが嘘でも誇張でもないことを、相対した目の色が物語っている。可憐《かれん》な容姿に反して、真芹が陰で恐れられている理由を遥は初めて知った気がした。

(触らぬ神に祟《たた》りなしってね…)

とりあえずそれ以上の詮索は避けようと口を噤《つぐ》んだところで、机から離れた真芹がストンと遥の横に腰を下ろした。

「面は割れてるから。あいつらに対しては八重樫が動くでしょうよ」

「あ、そうなんだ…」

「だから兄にはまだ何も言ってないの」

「………」

真芹が何を言いたいのか、言外にその意を察して、遥はそっと下唇を噛み締めた。

つい先日、己の短慮さが招いた結果に皇一を巻き込んだばかりだというのに、懲りもせず似たような過ちを繰り返す自分には我ながら辟易してしまう。あれからたった一週間ほどでまたこの事態だ。知れば皇一もきっと呆れるだろう。

(呆れたはてに嫌われるかもしれない…)

そう思うと、急に怖くて堪らなくなった。

「——お願い、言わないで」

「わかった」

口止め料も特別にただにしてあげるわ、と真顔で言いきってから、真芹はふわりと隣で花のような笑みを浮かべた。

「意外にあなた、健気《けなげ》なのね」

「え…？」

どこか面白げに口角を引き上げながら、フフ…と赤い唇が鮮やかな笑みを刻む。

「あたしも兄の叛乱《はんらん》は応援してるのよ。本家ではだいぶ揉めてるけどね」

真芹によれば皇一の主張は本家にとっても寝耳に水だったらしい。真芹を含む親族の幹部たちは、あれから何度も話し合いを続けているが、事態は一向に進まないままなのだという。

「兄はすべての権利を放棄する代わりに、家からの解放を求めてるのよ。いまさら自由に興味を持つなんて、家の誰も思ってもなかったから青天の霹靂《へきれき》もいいところよ。まったく、誰がそんな考えを仕込んだのかしらね」

チラリ、と遥に流し目が送られる。

（ん……？）

目が合うと真芹は、今度はころころと鈴のように軽やかな笑い声を上げた。

「ま、あたしとしては助かるんだけどね。兄が家督を放棄してくれれば、あの家はあたしのものになるし。そしたら好き放題よ」

言いながらほくそ笑む真芹を見ていると、にわかに椎名家の未来が心配な気にもなってくるのだが、ややすると真芹はコホンと息を吐いてから「それはともかくとして…」と澄ました顔で取り繕った。

「好きな人ができた、なんてあの万年無感動男から聞く日がくるとは思わなかったわ」

膝の上で白い指を組み合わせながら、真芹が今度は穏やかな笑みを浮かべてみせる。それがことのほか感慨深く見えて、遥はしばしその横顔を見守った。

「相手が誰かは知ってるの…？」

試しにそう尋ねてみると、真芹は途端に顔中を苦渋の色合いで染めた。

「知ってるわよ、ええ残念ながらね。あんなヘチャムクレのどこがいいのか、あたしにはサッパリわからないわ。取り柄なんて何ひとつなさそうだし、なんか頭も足りなそうだし。とにかく品がなくてガサツで、蓼《たで》食う虫も好き好きとはよく言ったものね」

「へ、へーえ…」

（本人を前にここまで言わねーよな…？）

ということは、やはり皇一が好きな相手は別人なのかもしれない――。だが、どちらにしろ遥の気持ちが変わることはない。それをいまさっき確認したばかりだ。

「あら、もうこんな時間。上で兄がお待ちかねよ。昼前のいまならこの辺りも無人だから、廊下へ出て左の階段を使うといいわ」

「……サンキュ」

どんな顔をして会えばいいのか、つかの間逡巡《しゅんじゅん》した遥の迷いを読み取ったように。

「笑顔がいいんじゃない？」

真芹はそんなアドバイスを最後に、さっさと遥の背を廊下に送り出した。

空調が効いているわけでもなさそうなのに、やけにひやりとした空気が頬を撫でる。遥は一度だけ深呼吸すると、冷たいタイルに一歩を踏み出した。

「——ガサツで頭も悪そうだけど、意外に健気で可愛らしいわね」

扉の向こう側で呟かれた言葉は知らないままに、遥は緊張した面持ちで二階へと続く階段を上った。

5

第三準備室の扉を開けると、すでにきていた皇一が陽光を遮る白いカーテンの前に佇んでいた。光に照らされたその白さが眩しくて、思わず額に手を翳《かざ》す。

「待ってたよ」

いつもと変わらない淡々とした声に導かれて、遥は皇一の近くへと歩み寄った。

(そばにいたい、触れてみたい——)

近づいてシャツの脇《わき》をそっとつかむと、少しだけ意外そうに皇一が首を傾げた。

「どうかした？　目元が少し腫《は》れてるね」

男にしては優美なラインを持つ皇一の指先が、すっと遥の目元をなぞる。その感触に睫が震えたのを覚《さと》られたくなくて、遥は慌てて首を振ると苦笑してみせた。

「や、なんか昼寝してたら変な夢見ちゃってさ、そんで起きたらちょっと泣いてた」

「君はわりとよく泣くね」

「へへ、涙もろいんだよねー」

言いながらニッと歯を見せると、急に後頭部を抱き寄せられた。シャツに押しつけられた額と掌のあてがわれた首筋とに、皇一の体温が伝わってくる。

「無理に笑うとクセになる」

「え……？」

予想外な動きに加え、そんな想定外な慰めまでもらって、遥は気づいたら涙を零していた。次々と湧き上がってくる熱いものを、皇一のシャツに押しつけながら嗚咽《おえつ》を堪える。

「な、泣かした責任は…っ、あんたが…っ」

「取るよ、いくらでも」

そのまま優しく背中を撫でられて、遥は皇一の胸の中でひとしきり泣いた。何が悲しいわけでも、つらいわけでもないのに涙が止まらない。

(抱き締められたい、キスされたい――)

いま体を衝き動かしている、この初動には覚えがあった。こんなふうに鼓動が逸るのも、その身に触れている箇所からたとえようのない充足感が湧いてくるのも。

(俺が落ちてりゃ世話ないじゃんね…)

子供をあやすような手つきに髪を撫でられながら、遥はやや押して皇一の胸をトンと押し返した。まだ濡れてる目元を手の甲で拭いながら、へへ…と小さく笑う。

「子供みたい、って呆れてない？」

「僕から見れば子供だよ、君は」

「そりゃ精神年齢は低いかもだけどさー…」

左胸で騒ぎ立てる拍動に気づかれまいと、軽口を叩きながらつかんだままだったシャツを手離す。同時に、皇一の手も静かに遥の背から離れていった。

（あ……）

途端にそれが心許なく思えて反射的にもう一度シャツをつかむ。すると今度はついっと顎先を持ち上げられた。無言で覆い被さってくる影。キスに備えて目を瞑った瞬間、急に聞き慣れない音がピリリッと間近で鳴った。

「……ッ」

その直後にはもう『変容』が起きていた。

驚いたせいで変化した耳が、遥の側頭部で弱ったように伏せられる。それを皇一も意外そうに見ていたが、すぐにスラックスから取り出した携帯を開くと、もしもし…と声を低めながら遠ざかっていった。

（しかもかなり重症だ、これ…）

襲われた時ですら出なかったというのに、たかが携帯の音に驚いたくらいでこんな変化をきたしたワケは――。

（俺、いますげー緊張してた…）

キスなんて何度もしているし、切望や衝動に駆られて何度もねだってきたけれど、その時とはまるで違う感情がいま遥の胸には渦巻いていた。ぐるぐるとしたマーブル模様が、攪拌《かくはん》された末に一色になってしまったように紛いようのない結果として。

（そっか。泣くほど好きなんだ、俺…）

こんな思いは初めてだった。もっと能動的で、激しい感情に衝き動かされるのが「恋」だとばかり思っていたから。ひたすらに欲望ばかりが先走るような、そんな思いしか知らなかったから。

静かにふつふつと胸に湧き上がってくる思いが、いつしか遥の全身を満たしていた。優しさと穏やかさと、そして秘められた情熱とに満ちた感情——。

「それはまたずいぶん勝手なお話ですね」

ふいに皇一の厳しい声が聞こえて、遥はピンと両耳の先を立てた。耳が出たおかげで通常よりもさらに感度の良くなった聴覚が、皇一の潜めた声を正確に聞き取る。

「そちらの都合に合わせろと？　僕もいつまでもそちらのコマではいられませんよ」

さすがに電話相手の声までは言葉として聞き取れないが、なにやら不穏な空気を感じて遥はじっと息を詰めたまま、皇一の電話が終わるのを待った。

「わかりました」

冷めた了承を最後に携帯を閉じると、皇一は「待たせてすまない」と速い歩みで遥の前に立った。その表情には何の感情も浮かんでいない。だがそのあまりの完璧さが逆に、閉ざされている感情の激しさを物語っているような気がした。

(どうかしたのかな…)

口を開きかけた遥を制するように、おもむろに皇一が遥の片耳に触れた。

「禁断症状の新しい顕れ方かな」

伏せた耳をそっと撫でられながら、遥は羞恥で頬が熱くなるのを感じた。理性がある時に人前で出すのはやはり極度に恥ずかしい。

「ん…っ」

過敏な耳を何度も撫でられて、思わず漏れた甘い声にますます頬が熱くなってしまう。

撫でられているのは耳なのに、気づいたら他の箇所までがどうしようもなく熱く、硬くなっていた。

堪え性のない自分の体には本当に泣きたくなる…。

「恥ずかしがることはないよ。これは君のせいじゃなくて、薬の作用なんだから」

いつになくしおらしい遥の様子をどう受け止めたのか、皇一はそんな慰めをかけてから遥の痩身をひょいと肩に抱き上げた。見かけによらず皇一には腕力がある。大半の女子よりは背が高く、体重も平均よりは下回るがけして軽くはない遥の体を軽々と中央のテーブルまで運ぶと、「どっちを先にする？」と唇と下半身とにそれぞれ指を添えた。

「どっちでもいいから、早く…」

震えて仕方のない唇で必死に答えを紡ぎ出すと、皇一は軽く唇を触れ合わせながら遥のスラックスに手を伸ばした。すぐに離れてしまいそうになる唇を、懸命に追いかけて舌先を伸ばす。それを柔らかく噛まれながら、性急に忍んできた手に屹立を擦られて、遥は断続的に腰を跳ね上がらせた。

「あァ…ッ」

滾る熱を焦らさず、すぐに解放してくれた手の中に白濁を放つ。

最後の滴《したた》りまでをきちんと受け止めてから、皇一は手早く事後処理を終えた。快楽の余韻でまだぼんやりしている遥のスラックスを元どおり収めてから、いつの間にか引っ込んでいた耳を惜しむかのようにさわさわと側頭部を撫でる。

「今日は帰りが遅くなると思うから。夕飯は待たなくていいよ」

「あ、そうなんだ…?」

「実家からの呼び出しを受けてね」

きっと先ほどの電話がその連絡だったのだろう。いまだに鈍る頭の隅でそんなことを思いながら、遥は「わかった」とだけ告げた。夕飯をともにできないのは想像以上のがっかり感をもたらしたが、ここでワガママを言うような権利は当然ながら自分にはない。

(そういえば、この生活にも終わりがあるんだよな…)

あれほど待ちわびていたはずの終焉《しゅうえん》がいまでは寂しく残念に思えるのだから、当初には想像だにしていなかった自分の変化には苦笑するばかりだ。

(ま、あとのことはあとで考えよっと)

一度にいくつものことを考えられるほど、自分の頭は優秀ではないのだ。

「とりあえず先輩、昼メシにしない?」

今週から新たに慣わしとなりつつある専科棟でのランチタイムを促すと、皇一は心得た仕草で購買部の袋をカバンから取り出した。


待たなくていいと言われながらもどうにか八時までは粘ってみたのだが、けっきょくは空腹に負けて冷凍ピラフを温めてしまった。

「ちぇー…」

一人で食べる夕飯の味気なさは思っていた以上だった。二人で夕食を取るようになったのはここ一週間足らずだというのに、皇一とすごす時間はずいぶんと自分の体に沁み込んでいるようだ。

夕飯の片づけを終えてからは興味のないテレビを横目にリクライニングチェアに寝そべっていたのだが、気づいたらうたた寝をしていたらしく、はっと目覚めた時にはもう十時を回っていた。皇一はまだ帰っていない。

（電話してみよっかな…）

緊急時のために携帯の番号は教わっているが、はたしていま自分がかけていいものなのかどうか、判断に迷う。何度も携帯を手にしながら唸《うな》っていたところで、ようやく玄関の扉を開ける音が聞こえてきた。

「おっかえりー」

自分にシッポがあれば盛大に振れているのではないかと思いつつ出迎えにいくと、相変わらず無表情の皇一が靴を脱いでいた。

「ああ、ただいま」

（あ、れ…？）

冷めた表情はともかく、淡々とした声色にはいくぶん疲労が混じっていた気がして、遥は眉を顰めながらリビングへと向かう皇一の背中について歩いた。

「夕飯は？」

「済ませてきたよ」

本家との話し合いに進展はないのか、皇一の処遇はこれからどうなるのか。

「――――」

聞こうとして開いた口を、遥はけっきょく無言のまま噤んだ。

皇一のプライベートにこれ以上踏み込んでいくのはやはり躊躇《ためら》われる。ただでさえ自分は考えなしに口を開く傾向があるのだ。これくらい用心してようやく人並だろう。

(それになんか疲れてる、よね…?)

自室で着替えて戻ってきた皇一に、遥は改めて観察の目を向けた。

「君は今日、何を食べたの?」

「えーと、冷凍ピラフ。そっちは?」

「僕はドリンクタイプ」

表情も態度もいつもとさして変わらないけれど、やはりうっすらとだが憔悴《しょうすい》の影がまとわりついているような気がする。

「お茶を淹れるけど、君も飲む?」

「あ、俺が淹れる」

皇一が冷蔵庫から取り出したミネラルウォーターを横から奪い取ると、遥はステンレスの湯沸かしポットに中身を注いでスタンドにセットした。それを受けて皇一が急須《きゅうす》と湯呑みとをテーブルに並べる。ちらりと盗み見た顔色も、いつもより少しだけ悪く見えた。

「なあ…」

体調は大丈夫なの？　そう続けようとした言葉を遮ったのは、急に背後から伸ばされてきた皇一の指先だった。

「その首筋…」

「え？」

「いや、何でもない」

言いかけた言葉を思い直したように飲み込んでから、皇一が何事もなかったように遥の首元から手を退《ど》ける。

（何、いまの…？）

思わず振り返ると、目が合った皇一の表情からは一切の感情が消し去られていた。

「実は明日のことなんだけど」

「明日？」

「そう。明日は一日中、実家の方にいなければならないんだ。だから——」

皇一がこちらへと一歩踏み出す。その背後に正体不明の圧力を感じて、遥は知れず一歩後退していた。もう一歩、二歩……下がったところでシンクに腰が突きあたる。逃げ場のなくなった遥に皇一の両手がゆっくりと伸びてきた。

「先輩…？」

腰の両脇から上ってきた手が、そのまま胸を辿って遥の細い首筋へと到る。乾いた指先に耳の裏をくすぐられて、途端に腰が抜けそうになった。

たかがそれだけの刺激で、ざわざわと変化した耳が側頭部に生える。

（な、に……？）

暗緑色の瞳の奥には、いままで見たことのない暗さが澱んでいた。艶のないマットなその色合いはまるで、本当に感情のないアンドロイドのようにも見える。

「このままだと、明日の禁断症状には対応できない可能性があるんだ」

言いながら耳を撫でられて、遥はがくんと崩れかけた体を皇一の腕をつかむことでどうにか堪えた。そろそろ夜の症状が顕れてくる時分だ。自分ではどうすることもできない、あのだらだらとしたきりのない欲情が体の奥深くから込み上げてくるのがわかる。

「せ、先輩…」

「キスだけじゃ半日しかもたないけど、本当は丸一日もたせる方法もあるんだよ」

（方法……？）

上気しはじめた遥の顔にも同じ疑問が載せられていたのだろう。遥の耳の裏に掌をあてがうと、皇一は立たせた片耳に冷めた呟きを聞かせた。

「少しは、察しがつくんじゃない？」

薄い唇がほんのわずか、口角を引き上げるのを間近で見つめる。片側の端だけを吊り上げたその酷薄な表情に、遥は反射的に皇一の体を押し返していた。

「や、やだ…っ」

「嫌も何もないよ。君に選択肢はないんだ」

有無を言わせずその場で抱きかかえられて、皇一のベッドへと運ばれる。

「キスよりはセックスの方がもつんでね」

自重に続いて皇一の体重にスプリングが軋むのを聞きながら、遥は信じられない思いで両目を見開いた。皇一の瞳にいま浮かんでいるのは、獲物を逃さない獰猛さだった。

「な…っ」

「痛くはしないよ。気持ちいいだけで終わる。君はいつもみたいに喘いでいればいい」

「そんなの…」

皇一は遥の意志にはお構いなく、このままコトに踏みきるつもりらしい。

だんだんと心身を侵食していく症状のせいで、痺れた体は思うように動いてくれない。抵抗しようにも耳に触れられると、それだけで理性が崩れてしまいそうになる。

「あっ、やだ…」

「言ったろ？　君に選択肢はないんだ」

Tシャツの裾をまくられて、忍んできた指に尖りを弄られる。途端に下半身が強烈に痺れた。そのまま転がすように遊ばれるだけで、下着の中がトクトクと濡れていくのがわかる。服の上からそれを宥めるように何度も摩られて、遥は必死に声を堪えた。

（こんな一方的なのはヤだ…）

感じて堪らない体をシーツに押しつけられながら、今度はじかに尖りを口に含まれる。

「んン…ッ」

「君がこんなに可愛く感じることを、君が抱いた女の子たちは知ってたのかな」

「あ、あ…っ」

「それとも、男相手にはいつも見せてた？」

いつになく雄弁な皇一の言葉も、遥の頭にはもう途切れがちにしか入ってこない。

「あ、あ、アぁ…ッ」

執拗に弄られ続けた屹立が下着の中に白濁を吹き上げる。その間も絶えず与えられる愛撫で、必要以上に敏感になった尖りに今度は軽く歯を立てられた。

「ひ、ぁ…っ」

イき終えた先端からまたピュッと散った粘液を布越しに丹念に伸ばされる。遥の頬はいつしか涙で濡れそぼっていた。

（どうしてこんな…）

遥の気持ちに構わず続けられる行為。これでは今日襲ってきたヤツらと何も変わりない。それどころかいまの状況の方が、遥の胸に深く重い楔《くさび》を打ちつける。

「や、だ……イヤ、ダ…」

快楽と欲望とに押し流されそうになる意識をどうにか奮い立たせると、遥は必死に首を振った。

（こんなのはいやだ、冗談じゃない…！）

だが遥の精一杯の拒絶も、皇一の冷めた声にすげなく一蹴《いっしゅう》されてしまう。

「冗談じゃないのはお互い様だよ。好きでもない相手を抱くのは、僕だって楽しいことじゃない」

「――――っ」

一瞬、息が止まったかと思った。

皇一の手は変わらず遥の体に触れていたけれど、それを感知する機能を失ってしまったかのようにすべての感覚が急に途絶えた。断絶された世界の向こう側に、まるで一人きり放り出されてしまったように。

自分の鼓動だけがやけに耳に響いて聞こえた。心臓も、息も――。

(むしろ止まってしまえばよかったのに…)

好きだなんて言われたわけでも、それに準ずる言葉をもらったわけでもないのに。

(何を思い上がっていたんだろう…?)

たとえ想い人が自分じゃなかったとしても、それなりのポジションにいるに違いないと勝手に思い込んでいたのだ。そうでなければあんなふうに接してくれるはずがない、と。

(そんなわけないじゃん)

どうしてこんな簡単なことにいままで気づかなかったのだろうか。皇一を巻き込んだのは自分で、あっちは被害者なのに。『データが取れるからいい機会だ』なんて言っていたのも、遥を気遣っての言葉だったのだろう。皇一自身はこんな結果など望んではいなかったはずだ。

疎まれていたとは思わない。でも好かれてなくて当然だろう。

「ねえ、あんたが好きなのって誰…？」

「――君じゃないのは確かだよ」

掠れた問いに返ってきた答えがすべて。

それきり、電池が切れた人形のように無抵抗になった遥の体を、皇一は時間をかけて馴らしていった。キスは最後までもらえずに何度も一方的に追い込まれて、ただ悲鳴だけが喉を滑る。

体は何度も達しているのに、快感は欠片もなかった。弄られた末の生理的反応として、吐精がくり返されるだけだ。念入りに中をほぐされて皇一が入ってきた頃には、もう瞬きする気力すら失って遥はシーツに横たわっていた。律動に揺らされて眦に溜まっていた涙が頬を滑り落ちる。

しばらくして皇一が中で達すると、放たれたその熱感だけが、遠く離れていた遥の意識を少しだけ現実へと引き戻してくれた。

終息をはじめる禁断症状、くすぐったさを伴いながら消えていく耳。

「――――」

頬を撫でられて目線だけを動かすと、感情の火の消えた瞳がただじっと遥のことを見下ろしていた。そこに少しでも何か浮いてこないかと、この期に及んで目を凝らす自分が我ながら哀れだった。

皇一は一言も発することなく、やがて遥を置いて部屋を出ていった。その背を追いかけた視線を扉に遮られながら思う。

（いつの間に――）

本当に、いつの間にこんなにも。

「好きになってたのかな……」

新たな涙がまたホロリと遥の頬を滑った。

「何かあったら携帯に連絡を」

翌朝。自分の部屋に戻って眠り込んでいた遥に一言だけ声をかけると、皇一はすぐにマンションを出ていった。

ごそごそと伸ばした手で枕元に置いておいた携帯を手に取る。いま起きればギリギリ始業に間に合う範囲だったが、とてもじゃないが登校する気にはなれず、遥はそのまま二度寝にのめり込むことにした。昼すぎになってようやく起こした体をシャワーで覚醒させる。体に残る昨夜の痕跡には、なるべく目を向けないよう留意しながら。

「おなか、空いたな…」

暇潰しに見もしないテレビを垂れ流しているうちに、時計は三時を回っていた。

(なんで俺、生きて動いてんだろ…)

昨夜、致命傷を食らったと思ったのに。不可視の傷からはいまだ血が流れ出ていそうなのに——。

実際の体はクルル…と小さく鳴りながら空腹を訴えていた。

「失恋で餓死した人っていないのかなぁ…」

傷心のあまり食物が喉を通らなければ、それもありえそうな気はするけれど。とりあえず何か…と思って開けた冷蔵庫の中に皇一の字を見つけて、遥は一気に視界が潤むのを感じた。

『今日は胃に軽いものを入れた方がいい。温めすぎに気をつけて』

そんな注釈つきのお粥《かゆ》が、冷蔵庫の中段に小さな鍋ごと冷やされている。

(まさか、あの人が作ったとか…?)

その傍らには潰した梅干の入った小さなお椀までが添えられていた。皇一のメモ曰く、卵は消化が悪いからトッピングにはこっちを使うようにとのことだ。

「な、んで…」

(どうしてまだ優しくしてくれるの?)

勘違いしたくないのに。

こんなふうに気遣われて甘やかされたら、ますます諦められなくなってしまうのに。

(他に好きなヤツがいるんだろ…っ)

こんなふうに皇一に優しくされるのは、違う誰かの特権なのだ。自分が受けていいものではない。そう思うと、とても鍋に手をつける気にはならなかった。

食欲自体が一気になくなった気がして、よろよろとした足取りで自分の部屋に戻る。頭から布団を被ると、遥はしばし声を押し殺して泣いた。

あの人に優しくされるのが自分だけだったらいいのに。他の誰でもなくて、自分だけが優遇される存在でありたかった…。恋を失くしてこんなに痛いと思ったのは初めてだった。

誰かをフッても、誰にフラれても。

『ま、いっか』

そう思えばいつも諦めがついた。次の恋があるもんね、といつだって明るく前向きにやってこられたのに。いまはとてもじゃないがそんなふうには思えなかった。

(だってよくねーもん、ぜんぜん…)

そばにいたいと思うのも、触れていたいと思うのも。

キスして欲しい、抱き締められたいとそう思うのも、この世でただ一人。

(あの人でなければ意味がないのに――)

映画みたいにドラマチックな恋にずっと憧れを抱いていた。誰か一人に情熱を捧げる、そんな一途な恋がしてみたいとそう思っていたけれど。

それがこんなにも苦しいものだなんて、誰にも聞いていない。

皇一もこんな気持ちを抱いているのだろうか？　自分の知らない誰かに対して。

(嫉妬《しっと》で死にそうとか、ホント最悪…)

自己嫌悪でいまにも地面にめり込んでいきそうな心地を味わう。

「……っ」

ふいに聞き慣れない着信音が鳴った。

昨日の夜に変えたばかりの設定だ。皇一からの通話がかかってきたら、このメロディが鳴るようにと設定しておいた旋律。飛びつくように開いた携帯画面にも、皇一の名前が表示されている。

もう用事は済んだのだろうか。それとも長引いて今日は帰ってこられないとか？

通話ボタンにかけた親指を、遥はどうしても押すことができなかった。

（怖い…）

また優しくされたら、どうすればいいのかわからなくなってしまう。いつか振り解かれるのが確実にわかっている手なのに、恥も外聞もなく縋ってしまいそうで怖かった。

そんな醜い自分を皇一には見せたくない。自分だって見たくない——。

着信が途切れたところで、遥は携帯の電源を落とすとそれをベッドの足元へと投げた。また頭から布団を被って涙を堪える。だが溢れ出す涙は止《と》め処《ど》なくて、遥はいつしか泣き疲れてまた眠りへと誘い込まれていた。

（あ、先輩…？）

夢の中に出てきた皇一は、誰かに向けてひっそりと穏やかな笑みを浮かべていた。隣に寄り添うように立っているシルエットが、きっと皇一の思い人なのだろう。

（なんだ、笑えるようになったんだ…）

そんなことを思いながら、遥はその光景を少し離れた場所から見守っていた。

隣に立つ誰かの言葉に耳を傾けながら、皇一が頷いてまた優しげな笑みを浮かべる。その表情のあまりの柔らかさに、遥は思わず涙ぐみそうになった。

表情を取り戻したからには、皇一もきっと怒ったり笑ったり泣いたりするのだろう。そんな変化をそばで見ていられないのが悲しいなと思う。ああ、そうだ。一度でいいからあの人が焦ってるところを見てみたかったな。そんな姿、想像もつかないけれど——…。

「遥っ」

急に間近で名前を呼ばれて、続けてパチンと頬を叩かれる。

「へ…っ？」

突然の仕打ちに驚いて目を開けると、額にうっすらと汗を浮かべてこちらを覗き込んでいる皇一の顔が見えた。

（——ああ、こんな顔なんだ）

「どうかしたの…？」

眉根をわずかに寄せて、どことなく苦しげな表情をしている。

夢の続きかと思ってその額に手を伸ばすと、やけにリアルな感触が指先に触れた。

「あ、れ？」

まだ夢との判別がついていない遥を強引に抱き起こすと、皇一は薄く開いた唇の隙間に舌を差し入れてきた。そのまま上唇をなぞられて、くすぐったさに震えた体を今度はきつく抱き竦められる。

（先輩…？）

ややして唇が離れていくのを、遥は不思議そうな面持ちで見送った。ベッドサイドに膝立ちした皇一は、相変わらずどこか心配げに遥の表情を見守っている。

「ぜんぜん電話に出ないから、中で倒れてるのかと思って…」

「あ、えっと…電源切っちゃって…」

「電源を？　どうして」

真剣に聞き返されて、思わず言葉に詰まる。

「えーと…、なんでだったかな…」

（つーか何？　これ妄想？　俺、やばい？）

もう一度、今度は驚くほどの力で抱き締められて、遥は辛うじて動く指先で密かに頬をつねってみた。どうやら痛覚は正常に働いているようだ。ということは——。

「君が禁断症状で倒れてるのかと思って、飛んで帰ってきたんだよ」

深く長い溜め息が、遥の肩越しに重く吐かれる。合わせた胸の内側で早鐘のように鳴っているのは間違いなく皇一の鼓動だった。

「夢じゃないの、これ…？」

か細い呟きを漏らすと、ようやく腕の拘束を解いた皇一が真正面から遥と顔を合わせた。

「夢だったら僕が困るよ。君が無事でよかった…。もしかして、と思うだけでも心臓が止まりそうになったよ」

言いながら皇一のポーカーフェイスがゆっくりと崩れていく。鉄壁と謳われたあの無表情が、処世術と言われていたあの仮面が。

「先輩…？」

遥の目の前でいま剥がれ落ちていく。

「君が無事で本当によかった…」

それは泣き笑いに近い表情だった。暗緑色の瞳にも安堵の色が濃く浮かんでいる。

（心配、してくれてたんだ……）

間近で見る唇もかすかに震えていた。心なしか顔色も白く見える。表情だけでなく、全身にまだ緊張の名残りが窺えた。

「会合中だったんだけど、いても立ってもいられなくて――…強引に切り上げて帰ってきたんだ」

「な、んで…」

「君が心配だったから」

(俺のために……?)

大事な親族会議を放ってきてくれたのだろうか。他の誰でもなく自分のために…?

そう思ったら急に堪らない衝動が胸にキた。この人が誰を思っていても構わない。フられるのが確実でもぜんぜんイイ――。ただ、この思いだけは知っていて欲しかった。

「す、き…」

皇一の首に縋りつくようにして腕を回しながら、遥はその耳元に唇を寄せた。

「すごい好き、死ぬほどスキ…」

こんなにも好きで堪らないのだと、せめてその気持ちだけでもわかって欲しい――。

感情が昂ったせいで変化した耳を胸に擦りつけながら、遥は俯き加減に何度もくり返した。痛いほどに押しつけた蜜色の耳が、皇一の速い鼓動を捉える。

「ワケわかんなくなるくらい好き…」

また目頭が熱くなってきて、ここ数日でどれだけ泣いているやら…と、我ながら呆れてしまう。だが冷静にそう思う頭の隅さえも、すぐに平静ではいられない衝動が塗り変えていってしまう。

「──参ったな」

壊れたレコーダーのようにしゃくり上げながらくり返される遥の告白を、皇一は軽いキスを耳に落とすことでようやく黙らせた。

「まったく君は計算外なことばかりするね」

「計算外…？」

巻きつけていた腕を柔らかく解かれて、体の両脇に置かれる。枕を背に首を傾げた遥と一度だけ目を合わせると、皇一は伏し目がちに意外な「告白」を口にしはじめた。

「心はきっと通じないから、せめて体だけでも欲しいと思ったんだよ。だからそんな気持ちまでもらえるなんて思ってもなかった」

「え……？」

「最初から話すよ。君にはすべてね」

そうじゃないとフェアじゃないから──。そう前置きされてはじまった話は、遥にとってここ数年で最大級のインパクトをもたらしてくれた。

6

ちょうど梅雨明けに重なったおかげで、終業式は怖いほどの快晴に恵まれた。

この天気のよさでは屋内にいる気がしない、という点で意見の一致を見た八重樫と二人、遥は特別棟の屋上フェンスに背もたれていた。

「皇一先輩てば、健気で一途だよねぇ」

「……どこがだよ」

思わずそう毒づきながら、八重樫の後頭部に右手で作ったハンマーを振るう。だが小憎らしくもそれをよけたメガネが、今度はわざとらしく右肩を竦めてみせた。

「ま、大団円ってやつだ。あっちもこっちも丸く収まって、神前だって文句ないだろ？」

「う…」

確かにそんなふうにまとめられると継げる二の句がなくなるのだが、問題はそこではない、と声を大にして叫びたい。

「だからってあんな所業が許されるのか！」

「そんなこと言ってメロメロのくっせにー。こうなってよかったと一番思ってるのは、何気に神前、おまえだろ？」

「ううー…」

あの告白劇から、わずか一日――。

状況的にはあまり変わっていないが内情的には劇的な変化を経て、遥は今日、一学期最後の登校日を迎えていた。

禁制秘薬『束縛《restraint》』の効果も、一両日中には完全に消えるだろう。そうすれば遥が皇一のもとにいる理由もなくなるのだが、たぶんあの家から荷物を引き上げることはないだろうな…とぼんやり思う。

それはそれでいいのだが、いやしかし。

（本当にこのままでいいのか…？）

と自問自答をくり返すのが、昨日からの遥の命題になっていた。

『秘薬の件は僕が仕組んだ罠だったんだよ。一目惚れした君をどうにかして手に入れたくてね。体だけでもいいから欲しかったんだ。それならあの薬が最適だと思った』

あのあと表情も変えずにサラリとそんなことを明かされて、遥が取ったリアクションはといえばまず『鳩豆』だった。その数秒後にようやく声が戻る。

「そしたら、あの貼り紙とかも全部…」

「うん。あれは君を誘うための餌。あのくらいの時間に君が専科棟に潜り込んでくるのは知ってたからね。それから君の好奇心が人より旺盛なのも、君の体が人一倍快楽に流されやすい性質なのもね」

「どうしてそんな…」

「二階の奥のあの並びは、ほとんど僕の占有スペースなんだよ。各部屋には監視カメラが設置してあってね。君が奥の準備室で一人、自慰に耽《ふけ》ってる映像もいくつか保存され…」

「破棄してクダサイ！」

「無理、永久保存版だから」

真顔できっぱりと言いきられて、遥が言葉を失ったのは言うまでもない。

「ああ、君に興味を持ったのはそれが理由じゃないけどね。二ヵ月ほど前に一度、換気のために開けておいた窓を閉め忘れたことがあってね。気づいたら君がもう忍び込んでて、準備室のソファーで眠り込んでたんだ」

（そうだったんだ…）

そもそもはこの危機に自ら足を踏み入れていたのだと、あまりにも手遅れな自覚がさらに遥の気を滅入らせる。

「どうしたものかと様子を見にいったら、君はなんだか夢にうなされていてね。可愛く耳を出してたんだよ」

（ぎゃあ、恥ずかしくて死にたい…！）

寝ている間にそんな無様を晒していたとは、できれば一生明かして欲しくなかったくらいの秘密だ。もっとも皇一の前ではそれすらいまさらすぎるほどに、もう何度も耳を出しているのだが…。

「この年頃のライカンが耳を出してるのなんて初めて見たから、興味深くてね。しばらく眺めてたら君は寝言を言いはじめたんだよ」

「う、わ…」

（恥の上塗りにも程があるだろうよ、俺…）

羞恥を通り越して情けなさすぎる。無言で布団を被った遥の頭を慰めるように撫でながら、皇一は声の調子を和らげた。

「あれは君のお兄さんに向けた言葉だったんだろうね。――兄さんには兄さんの道があるんじゃないのかって。家のためじゃなくて自分のために進むべき道が他にあるんじゃないのかって、泣きそうになりながら呟いてたよ」

「…………」

それはあの日からずっと、鍵をかけて胸にしまい込んでいた言葉だ。

兄に伝えたくて、けれど言えなかった言葉の数々――。

「代われるものなら代わりたい、って言ってたよ。それからごめんなさいって」

「…………」

自分には甘い父が兄に手を上げるたびに、それを黙って兄が受け入れるたびに、遥の胸は遣《や》りきれなさでいっぱいになった。

兄が進んでいる道は本当に正しいのだろうか？　長男だから、と父親がいままで家のすべてを背負わされてきたように、兄が手にする自由も最初からどこにもなかったのだろうか？

（本当に…？）

だが重圧に正面から向き合う兄の背中を見ていると、とてもそんな言葉はかけられなかった。所詮、安全圏にいる自分が何を口にしたところで綺麗事にしかならない。だから遥はその思いを呑み込んで、お気楽な次男坊を演じることに終始してきたのだ。

「その後もわりとね、よくうなされてるのを見かけたよ。こっちの胸が締めつけられるくらいに、泣きそうな顔をしながらね」

それが逃げである、という枷《かせ》を頭のどこかではずっと感じていたのだろう。

「……でも、そんなの綺麗事だから」

言いながら恐る恐る布団を剝ぐと、穏やかさに満ちた眼差しがじっと遥のことを見つめていた。

「僕にとっては、その言葉が契機になったんだよ」

「え…?」

「家のために生きて死ぬのがあたり前だと聞かされて育ったからね。自分の歩む道はこれで正しいんだとずっとそう思い込んでいたんだ。それを疑う切欠《きっかけ》になった」

自分の言葉が椎名家での騒動の発端になっていたとは…。なんだか大それたことをしてしまった気がして、思わず俯くと今度はさわさわと側頭部を優しく探られた。

「君が気にすることはないよ。おかげで僕は家を捨てる選択肢に気づいたんだ。君に会えなかったら、僕はいまもあの家の人形として生きることに何の疑問も抱いていなかったろうね」

だから君には本当に感謝してるんだ…と、吐息交じりに囁かれたのを思い出して。

「う、わ…」

遥は思わず頰が熱くなるのを感じた。

——ちなみにその後、さんざん責められて初めて知ったのだが、遥の首筋にはどうも暴漢のつけたキスマークがついていたらしい。それに気づいた皇一が静かに淡々と逆上した結果、遥は一昨日の夜、一方的なロストバージンを迎えるはめになったらしいのだが、そんな顛末《てんまつ》は羞恥の極みなのでもちろん八重樫などに明かす気はない。遥の中でも一昨日の記憶よりは昨夜の記憶の方がはるかに鮮明なので、むしろそちらの方を初体験と呼ぶべきなのでは…などと考えているうちに、昨日された数々のことがうっかり走馬灯のように脳裏を廻ってしまい。

(あの人、ぜったい根スケベ…)

遥はさらに熱くなった頰を両手で隠した。

「なに、思い出し赤面？　ヤーラシー」

「黙ってろよ、おまえはもう…」

「ま、あの本家も引き下がったんだろ？　あとはラブラブ一直線だよな。どんな奥の手を使ったんだか知んねーけどさ、ずいぶんあっさり決着がついたもんだなぁ」

(ま、確かにものすごい奥の手だよな…)

その決着方法に関しては朝、昇降口の前で会った真芹の口から詳細を聞いている。

本家としては皇一の要求を呑む気は最初からなかったらしく、このまま押しきろうとしていたらしいのだがそれに業を煮やした皇一が『最終手段』に踏み切ったのだと。

「最終手段？」

「そう。幹部全員のお茶に一服盛ったのよ」

「えっ？」

「その後に『解毒剤が欲しければ……わかりますよね』ですって。まったく、どこの外道かっての」

「そ、れは確かに…」

「これまでがわりと従順だったから、お祖母《ばあ》さまたちも油断してたのね。ま、あたしは兄の手を見抜いてたから無事に済んだけど。おかげさまで家督はあたしのものよ」

言いながら高笑いする真芹の笑顔は、とてもじゃないが怖くて正視できなかった。

(この兄妹って性格がアレだよね…)

半眼の眼差しを彼方に向けて惚《ほう》けたくなったとしても、誰も自分を責められまい…。

研究室に行く、という真芹とはクラス棟との境で別れたのだが、その間際に真芹は遥の手を取ってまたあの台詞を囁いた。

「兄をどうぞよろしくね。何しろあなたが初恋らしいから、いろいろ大変だとは思うけど。どうか呆れないであげて」

「やっぱ全部、知ってたんだ…」

「ええ。兄って表情や言動は淡々としてるけど、意外と心情は読みやすいのよ」

言われてみると確かにそういう気もするが、だがそれはやはり幼い頃から一緒に育った兄妹だからというのが大きいだろう。

「いつかは俺も、そういうのが読めるようになんのかな…」

「あなたはもうだいぶ読めてる気がするけど、とりあえず女の子のデリカシーについてはもう少し学ぶ必要ありね。今回のことでだいぶあなたの印象も変わったけど」

「へ?」

「それじゃまたね。ヘチャムクレさん」

最後のフレーズをことさらに強調されて、そういえば以前にさんざんなことを言われていたのを思い出す。

(でも、何で——?)

軽やかに専科棟へと向かう真芹の背中を見ながら、遥はしばしその場で首を傾げるはめになった。

だがいくら考えてみても、真芹に嫌味を言われるような心あたりはない。そもそもこんなふうに口を利くようになったのもここ一週間ほどのことだ。

「俺さー、先輩の妹に嫌われてたっぽいんだけど、何でか知ってるー?」

ダメもとで八重樫に訊いてみると、メガネは意外にもあっさりと答えを寄こした。

「そりゃあれだろ。おまえさ、中坊ん時に食堂で『巨乳以外は女じゃない』的なこと、大声で宣言したの覚えてる?」

「いや、ぜんぜん?」

「ま、言った方はそんなもんだよな。でもそれがぐっさり刺さったらしいぜ。真芹のコンプレックスにな」

「う、あー…」

確かに真芹の胸は、とてもささやかで清楚《せいそ》な膨らみだったように思う。

あの真芹に恨まれていたとは、なんという危険を犯していたんだ中坊の自分…。とりあえずいまはそんなに恨まれてはいないようなので、胸を撫で下ろし……てもいいのだろうか?

（言動にはホント気をつけよう、俺…）

昨夜も皇一に、男の経験はあるのかと問われ即座に否定すればよかったのに。

（そういえば初等科の時に一度、クラスメイトの男子にキスされたことがあったけど、あれって数に入るのかな…？）

なんてことを一瞬考えて間を空けてしまったがために、スゴイ目に遭わされたのは痛い経験則だ。

涙と唾液で顔がぐしゃぐしゃになってもまだ許してもらえず、「本当のことを言うまではこのままだよ」とずいぶん長い間、絶頂寸前のお預け地獄に突き落とされたのだ。ようやく許してもらえたあとの吐精は、遥の意識を吹き飛ばしてあまりあるほどの快感をもたらしてくれた。それを思い出したら、腰の奥がズクン…と切なく疼いた。

（やばい、やばい…）

また紅潮しはじめた顔に突っ込まれたくなくて、遥は「なあ…っ」と自分からメガネに話題を振ることにした。

「明日からようやく夏休みだな！」

「おう、夏のアバンチュール全開だぜ」

隣で胡坐を掻いている八重樫が、目線は広げた雑誌に落としたまま親指をぐっと立ててみせる。

（アバンチュールか…）

何はともあれ、八重樫が言うようにこれは大団円なのだろう。

晴れきった今日の夏空のように、遥の胸も気がつけばあのマーブルめいた曇り空とは疎遠になっていた。奇《く》しくも、ほぼ同時に梅雨明けを迎えたらしい。

「俺もその予定だったんだけどな…」

遅くとも明後日には遥の身を束縛しているこの薬効とも縁が切れる。そうすれば以前のように自由な身分を取り戻せるはずなのに——。

女の子たちとの火遊びを思い浮かべても、遥の心はまるで浮き立たなかった。

（ホント、重症…）

たとえ薬の効果が切れたとしても胸を縛りつけるこの思いがある限り、あのお気楽な生活へと日常が還ることはないだろう。それを悔やむ気持ちも残念に思う感慨も、もはやこの胸には浮かばない。

取り巻きの女の子たちにも近日中に別れを告げることになるだろう。

（束縛される充実を知ってしまったからね）

「あーあ…っ」

それを自分に植えつけた当人が迎えにくるまで、遥はしばし寝転がって目を閉じた。

（きもちぃー…）

陽射しのわりには湿度がないからか、灼《や》かれたコンクリートの上に身を投げ出していても暑くはない。適度に吹いている風がシャツや鼻先をくすぐるのが心地よかった。

「そういや、あの人たちってどうなったの？」

目は閉じたまま八重樫に問いかけると、パラ…と隣でページをめくる音が聞こえた。

「あの人たちって？」

「俺を襲った先輩たち」

「ああ、全員に弱味吐かせて掌握してある」

「なるほど…」

真芹には焦がされ、八重樫には弱味を握られ、さらにはまた凶悪な報復を近いうちに受けるだろう彼らの身を思うと、若干ながら憐憫の情が湧いてくるほどだ。

(ま、自業自得か)

あの一件についてはキスマークに絡んで白状させられたので、今日にも皇一が陰で動いているのは間違いない。

(無茶しないといいんだけどね…)

普段は沈着冷静な見た目どおり、そう簡単に下手《へた》を打つタイプではないらしいのだが、どうも遥が絡むと頭のネジが飛ぶ傾向にありそうなので、その点はひどく心配だ。

本家での強硬策にしても、真芹から「途中でどこかにかけてた電話が決め手になったみたいね。一刻も早くあの場を去りたかったんでしょうよ」という証言を得ている。

すべての発端が自分だとバレたら、椎名家幹部の恨みを買うのは必至に違いない。

「うーん…」

思わず顔を顰《しか》めたところで、聞き慣れた足音を聴覚が捉えた。

講堂での式も終わったのだろう。やや遅れて屋上の扉から、皇一の端整な顔立ちが覗いた。遥の隣に八重樫がいるのに気づいて、少しだけその表情に影が入る。

（あれは、ちょっと怒ってる……？）

というよりは、どことなく苦々しいオーラを背後に背負っているように見える。

「なんか複雑な顔でおまえ見てるけど…」

「あーそりゃそうだろ。あの人にしては失態だもん、俺に借りを作るなんてさ」

「借り？」

「そ。真芹にボられながらも、使い魔つけてもらった甲斐があったぜ。そう考えると安い投資だね、あれくらい」

（ああ、そういうことか…）

八重樫には一昨日のうちに「助けてくれてサンキュー！」メールを送っておいたのだが、その返信が「こちらこそ絶好のチャンスをありがとな」だった理由がようやくわかった。

「んじゃ、先輩によろしくなー」

このうえなく爽やかに笑いながらヒラヒラと手を振ってみせる八重樫に溜め息を送ると、遥はすぐに皇一のもとへと駆け寄った。

ゴウン…と屋上の扉が二人の背後で閉じたのを機に、皇一がぼそりと無表情に呟く。

「まったく、君のおかげで八重樫にはとうぶん頭が上がらないよ」

「え、あ、ごめんなさいっていうか…！」

（やっぱり怒ってるのかも！）

その場で慌てて身振り手振り、意味のないジェスチャーをくり広げたところで、皇一は少しだけ眉を上げて遥の髪を撫でた。

「冗談だよ。君が無事で何よりだった」

「あ、うん…」

いこうか、と促されてその背に続いて階段を下りる。

昨夜は一昨日以上に体を重ねたので禁断症状にはまだ程遠いはずなのに、シャツの襟元から覗く皇一のうなじを見ていると、ジン…と体の奥深くが疼いて痺れた。

皇一はどうやら、遥の「獣耳」姿に一目惚れをしたらしい。昨夜も耳が出るまでしつこく責められたあげく、出たら出たでソコばかりを重点的に弄くり回されて、感度の限界に挑戦するかのようなその仕打ちに遥は何度となく意識を失った。

(耳があそこまで性感帯だったなんて…)

自分でも知らなかったほどだ。

だが体の充足はともかく、遥はまだ肝心なことを皇一の口から聞いていなかった。

「ねえ、先輩…」

手すりを握り締めながら零した呟きに、皇一が数段下で足を止める。

「なんであの時、俺なんか好きじゃないって言ったの…?」

振り返った皇一と目が合う。途端にまた目頭が熱くなってきて、遥は慌てて目元に力を込めた。あの時突きつけられた言葉は、まだ胸のどこかに突き刺さっている。

(もしもあの時、言ってくれてればあんなに傷つくこともなかったのに…)

遥の顔に浮かんだ非難を無言で受け止めてから、皇一は低めた声で意外なことを口にしはじめた。

「ごめん、傷つけたね…。僕が臆病だったんだよ。君が男を受けつけないのは有名な話だったからね。気持ちを打ち明けて、拒絶されるのが怖かったんだ」

「怖い…？」

「君が受け入れてくれるなんて、僕は想像すらしてなかったんだよ。秘薬の生成なら手順さえ間違わなければ思いどおりの反応が出るけどね、人の気持ちはそうはいかないから」

言いながら差し出された右手に掌を重ねると、皇一は遥をともなってゆっくりと階段を下った。その手に導かれるようにして続く廊下を真っ直ぐに進む。

皇一がどこを目指しているのか、わからないままに遥はその隣に歩を並べた。

「僕はね、感情をなるべくもたないように育てられたんだよ」

「え…？」

「感情の発露が激しい喜怒哀楽は特に禁じられた。『誰にも心を許すな。胸のうちを覚られるな』っていう曾祖母《そうそぼ》の厳命でね」

「なんで、そんな…」

「東の『椎名』も一枚岩じゃないんだよ。ここ十年ほどは本家の他にもいくつかの分家が勢力を増してきていてね。いつどこで誰につけ込まれるかわからないから、僕を弱味のない人形に仕立て上げたかったんだろうね。同時に扱いやすい本家のコマとしてね」

押し黙った遥を気遣うように、繋がれた手に少しだけ力が込められた。

「感情のないアンドロイドのようだって周囲に言われてるのは知ってたよ。二ヵ月前までは自分でもそう思ってたくらいだから」

そんなことを訥々《とつとつ》と語りながらも、皇一の歩調は緩まない。それどころか次第に速まった歩みがようやく停止したのは、いくつ目かの角を曲がってしばらくしてからだった。気づいたら特別棟のずいぶん端の方まできていた。敷地内では本校舎に一番遠く、普段から人気《ひとけ》のない辺りだ。

（先輩……？）

廊下に響いていた足音が消えて、いま聞こえるのは二人分の息遣いだけだった。ややしてそれに、皇一の細い嘆息が重なる。

「拒絶されるのはもちろん、君に本当のことを白状するのもすごく怖かったよ。――実を言えば、いまも怖いんだ。君の涙一つでおかしくなる自分がね」

「え……」

そっと頬を拭われて、知らないうちに涙で濡れていたことを知る。視線が絡むと皇一は少しだけ苦しそうに唇を歪《ゆが》めた。

「君も少しは危機感もったら？　こんな人気のないところに連れてこられて、そんな可愛い顔して驚いてたら襲われるだけだよ」

「え、あ……え？」

突然の展開に混乱する遥に目を細めてから、皇一は遥の背を壁に押しつけるようにして唇を重ねた。

「ん、ンン…ッ」

淡々とした表情からは窺い知れないほどの衝動を口移しされて、遥は慌てて皇一の首筋に腕を回した。その直後に腰が抜ける。それでも許してもらえないキスに、甘い声とともにまた涙が零れた。

冷めた表情のいったいどこにこんな荒々しい獣を隠匿《いんとく》しているのかと、そう疑いたくなるほどの激情――。求められるままに唇で舌で応えながら、遥は熱情で揺れる暗緑色の瞳を間近に見つめた。

この人をこんなふうに狂わせるのは自分だけなのだと思うと、尽きない衝動が次々に湧いてくる。

「ん、ぁ…」

キスに煽られて昂った体が、遥の耳を静かに変容させた。

それを待ちかねていたように生え際を執拗に探られて、思わず身をよじったところで唇の呪縛《じゅばく》から ようやく逃れる。呑み込みきれなかった唾液が唇の端から溢れ落ちるのを、熱い舌に何度も拭われた。

同時に両耳を弄られて、啜《すす》り泣きに近い甘声が漏れてしまう。

「も、ダメ…」

「耳が出たね。禁断症状?」

問いかけに緩く首を振りながら、遥は熱くて堪らない体を必死に皇一に添わせた。腰を抱かれてようやく腕の力を抜く。

「それともライカンって、こんなに頻繁に耳を変化させるもの?」

「――…んなわけないじゃん」

パタパタと不機嫌げに振った耳を皇一の指に捕らわれて、また鼻にかかった声を漏らす。

他の誰かに耳を見せるなんて考えただけでも恥ずかしくて死ねるのに、こんなふうに触られても許せるのは皇一が相手だからだ。

「あんただからだよ。あんたが相手だからコントロール利かなくなるんだよ…」

皇一相手ではもうこの先、耳の制御ができないだろう確信がある。自信も、ある。

だって正常でなんていられるはずがない。

(怖いのなんてお互い様だよ)

皇一のキスひとつで、何もかもが吹っ飛んでしまう自分の理性の果敢なさが遥は怖かった。禁断症状にはまだ早いというのに、強制発情ではない欲情があっという間に体を支配してしまう。

「ね、早く…」

焦れた声で囁くと、皇一はポケットから出したカードキーですぐそばにあった部屋の施錠を解いた。

特別棟には上位階級者のためのサロンが設えられている、という話を耳にしたことはあったが入るのはこれが初めてだ。校内とは思えない豪奢な室内には高そうなソファーセットが置かれていた。

「式も終わったから、この辺りはもう立入禁止区域になってるんだけどね」

終業式をサボるとメールした時点で、待ち合わせ場所に特別棟を指定してきたのは皇一の方だった。

「扉がレッドサインになってる間は、誰も入ってこないから安心して」

「もしかしてこのために…？」

「呆れる？」

涼しい顔でさらりと肯定した皇一が先にソファーへと腰を下ろす。毛足の長い絨毯《じゅうたん》に足を取られながら、恐る恐る近づいた遥に皇一の手が優雅に差し伸べられた。

「ううん、いけないことってすげー好き」

繋いだ手に導かれて、向かい合うように膝の上に乗る。いまさらこの手を失うことなんてもう考えられなかった。

（離されたくない、もっと繋がれたい）

だから身動きもできないほどに——。

「ねえ、もっと束縛して…？」

密やかな熱望を遥は皇一の耳元に囁いた。

闇と背徳のカンタレラ

1

足元からひっきりなしに聞こえてくる、濡れた音――。

思わず耳を塞ぎたくなるような粘性の音が聞こえるたびに、自分の体内で蠢《うごめ》く指の感触を意識させられる。節のない優美なあの指がいま、自分のあらぬところに入り込んで悪戯《いたずら》を働いているのだ。

「――…っ」

前触れなく折り曲げられた指先が、襞《ひだ》のすぐ向こうにある性感帯をグリリと捏《こ》ね回す。仰向《あおむ》けで立てていた膝《ひざ》を堪《たま》らず伸ばすと、情事で波打っていたシーツがそこだけピンと張りを持った。

「あ、ぁ、ア…」

ポイントを的確に捉えた指が与える刺激に、口を開いた先端がタラリ…とまた涎《よだれ》を零《こぼ》す。

「あ、せんぱ…っ」

吐息《といき》交じりに零した台詞《せりふ》が我ながら恥ずかしいほど甘く蕩《とろ》けていて、神前遥《かんざきはるか》は手首に軽く歯を立てながら湧き上がる羞恥《しゅうち》をやりすごした。

あれから――夏休みの到来とともに秘薬の薬効も切れたのだが、遥自身はそのままこの家にすっかりいついてしまっていた。まるで同棲生活のような甘い日々の中、ほぼ連日こうして情事に耽《ふけ》っているのだが、遥の恋人が与えてくれる快楽には上限というものがない。八月の中旬を迎えたいまでは一生分の快楽を享受したのではないかと思うほどに、遥の日常は悦楽の記憶で塗り潰《つぶ》されていた。

年上の恋人、椎名皇一《しいなきょういち》に出会うまでは「セックス」とは互いが協力し合って快楽を積み重ねていく作業だと思っていたのだが、その定義が揺らぐような行為を最近は毎日のように受けている。

（一方的な快楽もセックスって言うのかな…）

昨日は昨日で貯蔵量のすべてを出しきるほど達せられたというのに、今日もすでに一度イカされている。そうして数えきれないほどの絶頂を遥には強《し》いるくせに、皇一自身は一晩で一回というのが平均だった。それも情事の終盤になってようやく挿入し、皇一が達する頃には遥の体力が限界になっていることが多いので、皇一の絶頂がすなわち行為の終焉《しゅうえん》となるのだ。

『先輩は、なんで俺ばっかイカせんの…？』

いつだったかピロートークでぶつけた素朴な疑問に、皇一はひどく真面目な顔でこう答えた。

『君の感じてる顔や、泣きながらイくところを見るのが好きだからだよ』

皇一にとってのセックスとは、どうやら「遥の快楽」と定義されているらしい。それを追求するためなら寝る間も惜しまないほど研究熱心な恋人のおかげで、この一ヵ月で新たに教え込まれた快感はどれもディープで、遥の意識を失わせることもしばしばだった。

（俺もう、ぜったい普通の生活には戻れない…）

さまざまな媚薬《びやく》にあらゆる道具、それらを駆使した行為に慣らされた体は、皇一の手によってしかもう満足を得られないほどに開発されてしまっている気がしてならない。

（つーか、もしかしてそれが目的……？）

感情のないアンドロイド——そう周囲に評されたほど作り物めいて整った面立ちに、顕著な表情が浮かぶことはいまでもほとんどない。それでも遥とつき合うようになってからはずいぶん感情が表出するようになってきてはいるのだが、そんな真意が探れるほどにはまだ緩んでいない。

皇一の淡々とした表情から確実に読み取れたのは、その言葉に嘘がないということだけだった。

『君を気持ちよくしたいだけなんだけど、それじゃイヤ？』

逆に問われて、遥は思いきり左右に首を振った。

皇一のくれる快感はどれも強烈で、一度知ったらやみつきになるほどの魅力に満ちている。キモチイイこと大好き！　と公言して憚《はばか》らぬほど快楽に弱い性質の自分が、それに抗《あらが》えるわけがないのだ。

だがそれ以上に、皇一が満足を得てくれるのなら遥はいくらでも乱れたいと思う。

（あんたが望むんなら、どんなコトされてもいいよ）

焦《じ》らされて急《せ》かされて、快感に悶《もだ》え、噎《むせ》び泣く自分を見ている皇一の表情は、いつになく柔らかく蕩けて見えたから。それこそが愛されている証拠な気がして、遥にはそのためならどんな快楽に堕《お》ちても構わないという思いさえあった。

（ただ、さ……）

互いの利益が一致しているのだから万事解決、というには多少の躊躇《ちゅうちょ》と逡巡《しゅんじゅん》がある。

今日も今日とて日が暮れる前からこうしてベッドになだれ込み、はたして今回はどんな快楽が味わえるのかと、胸と下半身が期待で痺《しび》れたりもしているのだが――。

「あっ、アぁン…っ」

前立腺《ぜんりつせん》を弄《いじ》られながら屹立《きつりつ》を含まれて、遥はあえなく二度目の絶頂に達した。頂点を極めた快感の波形が、それから数秒のうちにゆるゆると下降していく。

「……っ、ン…」

腰の下に枕を挟まれて恥部のすべてを皇一の眼前に晒《さら》しながら、遥は残滓《ざんし》まで吸い出すような皇一の口技にビクビクと腰を戦慄《わなな》かせた。射精の余韻《よいん》に浸りながら、涙で霞む視界で皇一の姿を捉える。

(でも一方的って、ちょっと寂しいんだよね)

このところいつもこうなのだ。二度ほどイカされて頭の隅と体の疼《うず》きが少しだけ落ち着いた頃になると、ふと湧いてくる寂寞《せきばく》感。独りぼっちでどこかに置き去りにされたような…。

チクン、と胸に刺さる痛み――。

「可愛《かわい》かったよ」

二度の吐精《とせい》で萎《な》えた局部をぬるりと口から吐き出した皇一が、下腹部に滴《したた》っていた先走りに舌を這《は》わせながら囁《ささや》く。その声音に籠《こも》った熱が、よけいに遥の寂寥《せきりょう》感を倍増させた。

(――俺だって先輩の乱れてるトコ、見てみたいもん。それに…)

挿入以外でイカされることがほとんどなので、もっと中で皇一を感じてみたいという欲求もある。

「ねえ、先輩…」

たまには普通にセックスしてみない？　そう続けたかった遥の提案は、しかし。

「あっ、え？」

後孔に呑み込まされた「モノ」によって阻《はば》まれてしまった。

「……いま、何か入れたよね？」

「うん」

（いや、うんじゃなくてさ…）

根元まで入れた中指を、皇一はさらに奥へと押し込むようにググッと埋め込んできた。そのうえそれが何かを訊《たず》ねる間もなく、さっと指を引き抜くなり。

「う、あ……っ」

弄られ続けて口を開いていた後孔に、いつの間にか用意していたらしいディルドを手際よく詰め込まれる。これは栓代わりだよ、という口ぶりから察するに中に仕込まれた何かを、これからしばらくは出させてもらえないらしい。

（前にもあったよな、このパターン…）

遠隔操作型のローターと、座薬タイプの媚薬を使われた時のことを思い返す。中の感触からして今回も媚薬かなと、予想がついてしまう自分にちょっとだけ苦笑、それからたくさんの期待――。

何だかんだいってもやはり、快楽には弱いのだ。胸のうちで疼いていた寂しさに、じわじわと快感への熱望が入り混じりはじめる。

（じゃーま、いっか。いつものパターンで…）

「で、今回は何を入れたの？」

「それはあとのお楽しみ。――どう、中の変化を感じる？」

「え？　……あ」

言われた途端、中で溶け出した薬液がジュク…と内壁に沁《し》みてくる感覚に見舞われる。以前までの薬だったら、この段階から少しずつ体温が上昇していくような緩やかな変化があるのだが。

「や、――――あッ」

ビクンと跳ね上がった腰を押さえつけるように、皇一が遥の膝下に腕を潜らせて圧《の》し掛かってくる。立て続けに戦慄いた下肢の間で急激に勢力を取り戻しつつある屹立を目前にして、無機質なダークグリーンの虹彩がゆっくりと狭められた。

(何、コレ…っ)

中が、燃えるように熱かった。そのうえ痒《かゆ》みに似た疼きが鼓動に合わせて突き上げてくる。ここまで劇的に効く薬を使われたのは初めてだった。

「な、何…っ」

急激な変化についていけず声を上擦《うわず》らせた遥に、皇一は落ち着いた声音で淡々と応じた。

「しばらくは沁みてちょっと痒いと思うけど、少し我慢してね」

「やっ、我慢なんか…ッ」

「無理？　でも、これに耐えられたらスゴイ快感をあげられるよ」

(あ――……もうッ)

そのカードを出せば、どんな時でも自分が食いつくと思っているのだ。だが、皇一の言葉に嘘がないことも知っている。その言葉に従えば、いつだって予想以上の快楽が保証されているのだ。

「あ、我慢する…っ、するけど、コレ何とかしてっ」

遥の嘆願は切実だった。薬液の痒みと疼きは、呼吸のたびに膨れ上がっていくようで、耐えきれず腰を捻《ひね》ろうにも、皇一の腕がガッチリと下肢を押さえ込んでいるのでそれも叶わない。時限爆弾を埋め込まれたような切迫した焦燥に煽《あお》られながら、背を反らして両手でシーツを掻《か》き毟《むし》るのだけが遥にできる唯一の足掻《あが》きだった。

柔らかい粘膜に薬液が沁みるたびに、遥は身悶えながらシーツを乱した。

「中を掻き回して欲しい？」

「……ッ、ん…っ」

必死に頷《うなず》いてみせると、皇一は枕の下に用意していたらしい拘束具を、遥の屹立の根元に装着した。ベルトのスナップを一番きつい口径で締められて、思わず目を白黒させてしまう。

「せん、ぱっ」

中もこのままで、もしイカせてももらえなかったら――。

(そんなの気が狂っちゃう…ッ)

痒みで粟立《あわだ》っていた背筋に新たな戦慄《せんりつ》を走らせたところで、皇一が淡く笑んだような気がした。

「イくのはもう少しあとにしようね。その代わり、ホラ」

「――…ッ」

「これで少しは楽になるかな」

後孔に埋め込まれていたディルドが唐突に激しく震え出す。振動と刺激に思わず力んだせいでそれが抜け出しそうになると、皇一は手動で根元の形状を切り替えた。括約筋《かつやくきん》のすぐ内側だけがひと回り太くなって、自然に抜け落ちるのを防ぐ仕様になっているのだ。みっちりとしたシリコンに粘膜を震わされて、遥は声もなく背筋を浮かせた。ガクガクと顎《あご》先が揺れる。

「これはいま開発中の秘薬でね、まだ試薬段階なんだけど副作用とかはないから安心して」

説明を聞く余裕などもはやない遥に向かって、皇一が淡々と効能を語って聞かせる。遥の耳に届いたのは内容ではなく、滔々《とうとう》としたバリトンの響きだけだった。

(あ、気持ちいい……けどっ)

絶え間ない振動でほんのつかの間、痒みからは解放されるのだが、逆に振動によって内壁の至るところに薬液がいきわたっていくような気がする。痒みの範囲は広がる一方だった。

「あっ、ぁあ…ッ」

それに比例するように、皇一がまた絶妙なタイミングでバイブの震度を強めていくので、遥はひたすら喘《あえ》ぐしかなかった。前も後ろも、出したいのに出せない焦燥だけがどんどん募っていく。

(あ、何これ…っ)

皇一とつき合いはじめてから教わった快楽、そのどれにもあて嵌《は》まらない未知の感覚に悶えながら遥はあっという間に忘我の域にまで追い込まれた。痒みと、それを紛らわせる振動との危うい均衡《きんこう》の狭間ではたしてどれだけの間、啼《な》いていたことか。

「もう少しの辛抱《しんぼう》だよ」

開いたまま何も映さなくなっていた遥の瞳を、無機質な色合いの虹彩が覗《のぞ》き込む。

「あ……」

数秒してから、遥はようやく皇一の顔を認識した。

（せんぱ、い…？）

ずいぶん長い間、悦楽の淵をさまよっていたような気がする。

体はこれ以上ないほど火照《ほて》っているのに首筋だけがやけに冷える気がして目をやると、溢れるままだった唾液《だえき》が喉元《のど》を伝い、鎖骨《さこつ》付近にまで広がっていた。見れば下半身も、遥自身の吐き出した粘液でべっとりと濡れている。赤く充血しきった屹立が、窓からの光を受けてテラテラと光っていた。

くぷ…と湧き上がった粘液には、すでに白濁が混じりつつある。それを皇一の指で塗り広げられて、遥は「ンンッ」と鼻にかかった甘声を上げた。

「あと少しだけ我慢できたら、最高の快楽をあげるからね」

濡れた蜜口を続けて愛《いと》しげに撫でられる。くり返される刺激にまたもや耽溺《たんでき》しかけていた意識を引き戻したのは、中の感覚が唐突に切り替わったからだった。バイブの振動はすでにやんでいたが、それを挟み込んでいる柔肉がざわざわと緩やかな蠕動《ぜんどう》をはじめる。

「え、何……!?」

内壁が動いているというよりも中で無数の虫が蠢いているような感覚に襲われて、遥は思わず腰を捻った。枕の上でくるりと反回転した体が、今度は腰を突き出すような四つん這いになる。

「──ああ、その体勢が一番いいね」

「あぁ、ン…っ」

内部の疼きを助長させるようにまたディルドが動きはじめて、遥は拘束具のせいで先走りしか吐き出せない屹立を枕に埋めながらはしたなく腰を揺らめかせた。その動きを追うようにして皇一が丹念にディルドの角度を調整するので、啼きながらまたも尻を振るはめになる。

「んっ、ぅン…ッ」

内部のざわめきに追い立てられるようにしながら、遥は前後左右に腰を振った。その様子をじっと見つめながら皇一がなおも追い詰めるように、ぐぐっとディルドの角度をきつくする。

「――…ッ」

感じて堪らないポイントを深く抉《えぐ》られて、遥はハクハク…と唇だけを戦慄かせながら白濁混じりの粘液を枕に押しつけた。

「もう、あと少しだからね」

宥《なだ》めるような口調でそう言いながら、皇一がおもむろに遥の側頭部を撫でる。

(あ…そういえば……)

地肌をくすぐるような指先を感じて、遥はソレが出ていないことにようやく気がついた。

最近はだいぶコントロールを取り戻してきたので、日常面でそう簡単に「耳」を出すことはないのだが、情事の際となるとまた別だ。ちょっと焦らされただけでも堪えきれずに、蜜色の髪の狭間から、ピョコンと獣耳を生やしてしまうのがいつものパターンだったのに…。

「どうし、て…」

震える指を皇一の指先に絡めると、ふっと柔らかな吐息が耳元をくすぐった。

「耳が出ないのが不思議？　これも薬の効力だよ」

「効力…」

「そう。ホルモンの働きを抑制してるんだ――このあとの『変化』のためにね」

（変化……？）

思考の半分以上を快楽に塗り潰されているせいもあって、遥は皇一の言葉の意味をきちんと咀嚼《そしゃく》することができない。薬の効能で耳が出ないことはわかったけれど、はたしてそれがどんな変化に繋《つな》がるというのか。

「あ、あァ、また…ッ」

深く考える間もないまま、遥はディルドの突き上げで再び射精なしの絶頂に追い込まれた。出口を塞がれた奔流が、下腹部に逆流して渦巻いているような切迫感に襲われる。

（も、イキたい……！）

気づけばあれほど耐えがたかった痒みも疼きも、すべて二の次になっていた。

何よりも勝る射精の欲求に、遥の思考がすべて塗り潰された瞬間。

「ア、ぁ――…ッ」

枕との隙間に滑り込んできた皇一の指が、素早く拘束具のスナップを緩めた。

薬を使って焦らされた分、凶悪なほどの衝動をともなって堰《せ》きとめられていた精液が一気に出口を目指す。ガクガクと全身を揺らしながら、遥は激しい放出の快感に酔った。

「あ、イ…い……」

その恍惚《こうこつ》に触発されるようにして、ワサ…と側頭部に「変化」が顕《あらわ》れる。狼男《ライカン》の名残りとして、変容した獣耳がピクピクと断続的に揺れた。

「――ああ、出たね」

なぜだか遥の獣耳姿をことのほか気に入っているらしい皇一が、声音に感嘆とした含みを混ぜる。

（やれやれ…）

獣化した分いつもより感度の上がった耳でその熱の入った口調を聞きながら、遥はワサリ…と尻尾を振った。ディルドを呑み込んだ後孔の周囲に、チクチクとした毛の感触が痛い。

（って、いうか――）

「え？」

慌てて振り返ると、蜜《みつ》色の被毛に覆われた「尻尾」を皇一の掌が恭《うやうや》しく持ち上げるところだった。

「あ、ヒ…っ」

ただつかまれただけだというのに電流のような刺激がそこから走って、ディルドに圧《お》されたままの前立腺がジクン…と疼く。

「やっぱりすごく似合うね、シッポも」

うっとりとした呟《つぶや》きを漏らしながら、皇一が遥のフサフサとした尾を柔らかく揉んだ。そのたびに耐えがたい疼きが下肢に走って、遥はまたぞろ啼きながら腰を振った。同時にまたディルドの角度を調整されて、残り少なかった精液をトロリと枕に漏らす。

（あ、もう……）

ようやく尻尾を解放された時には、遥は息も絶え絶えになっていた。

「――実験成功だよ」

立て続けの行為でぐったりとした遥の傍らで、普段と比較すれば驚くほど熱の籠った口調で可愛い、似合う、と連呼される。

（そういえば、よく言ってたっけね…）

これだけ耳が似合うんだから、尻尾が似合わないわけがない、と。

どうやらその夢を叶えるべく、皇一は自らの薬品生成能力を余すところなく発揮したらしい。

今回はこれだけが目的だったのか、皇一は通常形態に戻したディルドをそっと引き抜くと、緩んだ状態でペニスに引っかかっていた拘束具を丁寧に取り外してくれた。

「手ェ貸して、先輩…」

いつもと違う絶頂の連続にすっかり力の抜けた体を皇一の手を借りて反転させると、遥は濡れた枕を背にゆっくりと座り直した。立てた両膝をそっと開いて、改めて下肢の狭間を覗き込む。

「……うわ、ホントに生えてる」

ところどころ自らの精液に濡れてはいたが、フッサリとした尻尾が萎えた屹立の奥の方から突き出している。恐る恐る触れてみると、それは尾てい骨の辺りからまさに「生えて」いた。つるりとした素肌から急に毛皮がはじまっている感触は何とも言いがたい。

獣耳なら幼少期の頃から出している器官なのでいまさら違和感もないのだが、尻尾を生やすのはないにしろ、生まれて初めての経験だ。根元をまさぐっていた指を、毛束に埋めたまま今度は先端まで這わせてみる。そのくすぐったい感触に、遥は思わず左右に尻尾を揺らしていた。

（触感もあるし、動かせるし）

紛れもなくこれは己の器官の一つなのだと、妙な実感が急に湧いてきた。

目を瞠《みは》って尻尾を見つめる遥に、皇一が少しだけ冷静さを取り戻した口調で説明をはじめる。

「薬の効能は約一週間、一度シッポを生やしてからは耳と同時に出現をくり返すんだ」

「耳と一緒に？」

「そう。耳が出現する時のホルモンの働きに、シッポの生成が同調するんだよ」

経年とともに退化した身体機能の一部を一時的に戻しているだけなので、副作用などはないのだと重ねて説明される。この薬はもともとあった秘薬の効能に、皇一なりのアレンジを加えたバージョンなのだという。まだ未発表につき、この薬のことは誰にも言っちゃだめだよとつけ加えられるも。

（言うわけないじゃん…）

人前で耳を出すのだって恥ずかしいというのにそのうえ尻尾まで出るだなんて、たとえ頼まれたって誰にも言いたくない秘密だ。そういったライカンの機微がウィッチの皇一にはいまひとつピンとこないのか、何かにつけて言われる台詞を今日もくり返される。

「お願いだから僕以外の誰かにこんな可愛い姿、ぜったいに見せないでね」

「だーかーらー、いつも言うけど見せないってばー…」

伏せた両耳をピクピクと揺らしながら、遥は不機嫌げに尻尾を揺すった。

（見られてもいいって思うのは、先輩にだけなんだからね）

耳のみならず、尻尾まで生やす日がくるなんて夢にも思わなかったけれど、皇一がこの姿を好むのなら、いつだって両方生やしてもいいと思う。——むしろ皇一が望むのなら、どんなに恥ずかしい姿でも見て欲しいと思ってしまう。

（先輩の満足が、俺にとっての充実なんだからさ）

皇一がやりたいと望むことなら、どんなことだって応えたい。だから——。

「——先輩はいいの…？」

着衣をほとんど乱しもせずに、ベッドに腰かけていた皇一の元へとすり寄る。服の上からでも充分にわかるほど硬くなった剛直をさすると、遥はパタリ…と両耳を伏せた。

今度は上目遣いにもう一度問いかける。

「今日は俺しかイッてないし、満足してなくない…？」

衣服の中の膨らみを何度も撫でてから、さらに愛しげに頬ずりしてみせる。——本音を言えば、自分がコレを欲しくてしょうがないのだ。薬を使われたせいなのか、遥自身はすでに何度も達しているにもかかわらず、後孔が疼いて仕方なかった。

シリコンじゃなくて、生身の屹立に貫かれたい——。

（他の誰でもなくて、先輩のコレが欲しいの）

ココが膨らんでいないのならば諦めもするが、皇一の欲望はこんなにも硬く張り詰めているのだ。

「僕のが、欲しい？」

「うん。先輩のがっつり嵌められて、アンアン言いたい…」

「でも、今日はいつもより昂奮《こうふん》してるから。たぶん、すごく大きいと思うよ」

「いい…大きいの大好きだから。先輩のおっきくて太いので、中グチャグチャに掻き回して…」

布越しに大きく息を吸うと、皇一の屹立がすでに濡れはじめているのがわかった。

(あ、イイ匂いする…)

急にトロンとした目つきに変わると、遥は皇一の了承を待たずに手早くジッパーを下ろして前を寛《くつろ》げた。下着の前立てを開いた途端に、ブルンと剛直が目の前にそびえ立つ。

「あぁ、すごい…」

夢中で屹立にしゃぶりつくと、遥は口の中いっぱいに溢れていた唾液で皇一のモノを満遍《まんべん》なくドロドロに濡らした。先端の切れ目に滲んでいた先走りを、チュクチュク…と音を立てて啜《すす》る。そうするとさらに、剛直がもうひと回り大きくなった。

「あ…っ」

弾みで遥の口から外れた昂《たかぶ》りが、濡れた音を立てて頬を叩く。

(ホントに、いつもより大きい…)

陶然とした表情でそれを受け止める遥とは対照的に、皇一の眉宇《びう》がわずかに顰《ひそ》められた。

「——準備はもう充分だよ」

欲情で掠《かす》れた囁きを吹き込まれて、唾液と先走り塗《まみ》れにされながら恍惚としていた遥の表情がさらにその度合いを増す。このまま顔にかけてもらうのも魅力的だなと一瞬思ったのだが、この太さで貫かれたらどんな快感が味わえるのか、その誘惑には勝てなかった。

いつもより性急な仕草で体を返されて、乱れたシーツの上にまた四つん這いにさせられる。皇一によく見えるよう、自ら尻尾を持ち上げたところで、ギュッと強めにその根元を押さえられた。

「あッ」

耳と同じくらい敏感な性感帯をわしづかみにされて、思わず腰が逃げかける。

「だめだよ」

それを許すまじとさらに強く尻尾を引かれて――一気に根元まで突き込まれた。

「い、ぁアア…ッ」

薬で爛《ただ》れていた後孔にいつもより太いモノを挿入されて、遥は快感の涙をシーツに撒《ま》き散らした。

それだけでもきついというのに、抽挿のたびに尻尾の根元を引かれて、一番イイところにガツガツと先端を叩きつけられる。

「アン…ッ、あぁッ」

ソコにあてるのが皇一自身にも快楽をもたらすのか、さらに太くなった屹立に腫《は》れた粘膜を擦《こす》られて、遥は堪らない快感に腰を震わせた。

(あっ、こんなのって…!)

いつもなら腰を捻ってポイントを外したりと快楽の度合いを自分でも調節できるのだが、尻尾をつかまれていてはそれも叶わない。逃れることのできない快感を強いられて、遥はシーツを掻き毟りながら必死に首を振った。

あまりの刺激の強さに、尻尾も耳の毛も逆立っているような気がしてならない。

「やっ、だめ…ッ」

「イヤ？　だめなの？」

「あっ、も……よすぎてだめぇ…っ」

刺激を欲していた内壁をこれでもかと擦ってくれる剛直、いつもより太く硬い昂りに狭い肉筒を広げられる快感——そして敏感な尻尾を弄られながら、前に回った指にさらに屹立を悪戯されて。

「イッちゃう…先輩…ッ」

「——それはイッてるの間違いだね。ホラ、さっきからずっとイキっ放しだ」

律動に合わせて粘液塗れのソコを扱《しご》かれて、遥は「ヒイ…ッ」と悲鳴を漏《も》らした。出るものがすでにほとんどないからか、弛《たる》んだ糸のような射精感がいつまでも終わらず遥を苛《さいな》む。

絶頂を迎えるたびにビクビクと震える尻に根元までを埋めながら、皇一がその狭間から突き出た尻尾を好きに弄り回す。分厚い被毛の上から中の芯を探るようにグリグリされると、遥は声もなく身を震わせるしかなかった。感じすぎてもはや声も出ない。

（も、せんぱ…っ、早くイッて…！）

皇一が達しさえすれば、この地獄からは解放されるのだ。——だが遥の願いも空しく。

「すごく可愛いよ、遥……このまま一生繋がってたい…」

いつになく情熱的な律動と愛撫は、その後しばらく収まらなかった。

2

（先輩ってば、心配性で根スケベなんだから……）

熱い湯の奔流を頭から浴びながら零した溜《た》め息《いき》を、水流が排水口へと押し流していく。プールに浸かっていたせいで冷えた体を少し熱いくらいの湯で温めながら、遥はまた一つ嘆息を落とした。

あれから三日、皇一はことあるごとに尻尾の出た遥を抱きたがった。昼夜を問わず、家中のあちこちでセックスに耽っては甘い愉悦を二人で貪《むさぼ》り合う——。皇一としては薬効が収まるまでは、そうやって遥の身を安全な家の中に繋ぎ止めておく気だったのだろう。

遥には、一週間の「外出禁止令」が言い渡されていた。

『君のことだから、外出時にうっかりシッポを出しかねないよね』

そんなことないと反論したのだが、皇一はまるで取り合ってくれなかったのだ。

『尾まで出せるライカンなんて現状いないんだから。バレたら人攫《ひとさら》いに遭うかもしれないよ？』

そんなわけないとこれまた食い下がったのだが、皇一はまったくもって聞く耳を持ってくれなかった。——とはいえ、皇一の手を借りて休み中の課題をすでに終えていた遥には、さしたる予定も特にない。実家の用事やら仕事の用件やらでしばしば家を空ける皇一がこの家に留《とど》まってくれるのならば、二人っきりで蜜月をすごせるならそれも悪くないかなと思っていたのだ。

『じゃあ一週間、ずっとそばにいてくれる？』

『もちろんだよ』

そうして交わした約束を反故《ほご》にされたのが、今朝になってのことだった。

急な依頼が入ったとかで、皇一はあっさり遥を置いて家を出てしまったのだ。どうしても外せない用件だから許してくれないかと言われれば、こちらだってノーとは言えない。学生の身でありながら、皇一はすでに社会の仕組みの一端《いったん》を担《にな》う仕事を請け負っているのだ。

(ワガママなんて言わないけどさ…)

だがいざ置いていかれてみると、予想以上の喪失感が遥を襲った。尻尾や薬効はともかく、皇一とゆっくりすごせる日常を自分はことのほか楽しみにしていたらしい。

「――一緒にいるって言ったのに」

やむを得ない事情があったからだと頭ではわかっているのだが、自分の優先順位が仕事よりも低いみたいで何だか面白くない。自分の不在時にはけして家を出ないよう約束もさせられたけれど、遥は皇一が外出してすぐに、その約束を破ることにした。

(鬱屈《うっくつ》した気分を晴らすには、やっぱ体を動かすのが一番ってね)

外出といっても、近所のフィットネスクラブまでちょっと足を運んだという程度のものだ。耳を出す間もなく、早々に帰宅することになるだろう。皇一プラス、セクシャルな要素というキーワードが揃わない限り、そうそう変化を起こすこともない。それくらいは信用して欲しいものだ。

シャワーでようやく温まってきた体に、ボディシャンプーの泡を広げる。

二の腕の内側に、一つだけポツンと散った赤い痕《あと》――。皇一はこちらからせがまない限り、体に痕を残すことはない。これも昨夜、遥からねだってつけてもらったキスマークだ。

（先輩……）

痕は残さないけれど、快楽の記憶はイヤというほど体に刻み込まれている。無表情に淡々と、だが驚くほどの熱心さでいつも、皇一は遥の体から次々と快感を引き出していく。まるで魔法のように。

赤い痕に、そっと唇を寄せて舌を這わせてみる。

「ん…っ」

昨日そこに立てられた前歯の感触を思い出して、遥は思わず身震いしてしまった。

昨夜は特にコアで、カテーテルとディルドを使って前と後ろから前立腺をくすぐられたのだ。射精という能動的な快楽とはまったく対極の、受動的なドライオーガズムに叩き落とされて、遥は何度も気を失った。快感のあまり声を限りに叫んだのは、あとにも先にも昨日が初めてだ。

前立腺刺激用の器具を後孔に挿れられるのにはけっこう慣れたつもりだったけれど、同時に前からも弄られるのは想像を絶する刺激だった。そのうえ尻尾と耳をくすぐられて、遥はいつまで経っても終わらない快感に噎び泣いては気絶し、目覚めてはまた快楽に啜り泣いた。

（——先輩もスケベだけど、おれも相当だよね…）

昨夜のセックスはいままで興じた情事の中でも、ベストスリーに入るかもなどと考えていたら。

「げ…」

耳が出ていた。出しっ放しだったシャワーの湯を含んだ尻尾の重力が、ずしりと尾てい骨にかかる。濡れるとこんなに重いのかと思いながら、遥は慌てて持ち上げた尻尾を脚の間に挟んだ。

（やばい、かな……？）

平日の昼前だからか、今日の施設内はどこも閑散としていた。シャワールームは入った時点で貸切状態だったので大丈夫だろうと思いつつ、遥は耳を隠すためにタオルを被ると用心のためにそっと個別ブースから外を窺《うかが》った。水音は自分のシャワーの分しか聞こえない。

胸元から大腿《だいたい》部の途中までを隠すブースの仕切りにへばりつきながら、遥はしばし息を潜《ひそ》めて周囲に意識を配った。だがその視界はたびたび白い湯気に覆われて、ホワイトアウトしてしまう。これならたとえ誰か入ってきたとしても、立ち昇る蒸気に隠れてすぐにはわからないだろう。

ふいに皇一の顔が瞼《まぶた》にちらついた。この一週間は一人でシちゃだめだよ、という約束もしていたのだが、最初に約束を破ったのは皇一の方なのだ。それにもう外出までしちゃってるわけだし。

「いまのうちに処理しちゃお」

性的昂奮で出た耳をしまうには、その欲求を鎮めるのが一番手っ取り早い。しかも場所はシャワールームで一人きりとくれば、さっさと抜いて耳を収めるのがこの場合ベターなはずだ。

（そういや昨夜はドライばっかで、まともにイッてないんだよね）

絶頂だけなら数えきれないほど味わい、カテーテル挿しにされた蜜口からは漏らしたのかと思うほど先走りを溢れさせたけれど、ウェットなオーガズムには一度もありつけていない。それを思い出した途端、下肢の膨らみがキュン…と切なく疼いた。

狭いブースの奥に籠って、温《ぬる》んだタイルに肩を預ける。扉に背を向けて用心しながら、遥は下肢に手を伸ばした。濡れそぼってもなお厚みのある尻尾に埋まっていたペニスが、自力で首をもたげる。

「ん、ん…」

あえかな息衝きを見ていたソコを右手で支えながら、左手で尻尾の付け根をつかむ。頭に被っていたタオルの端を口に咥《くわ》えると、遥はゆっくりと両方を弄りはじめた。ぎゅっと尻尾を引き絞りながら屹立を扱くと、ツンと鼻の奥が痛くなるような快感が背筋を駆け昇ってくる。

「うん、フ…っ」

昂奮で次第に高まる息を鼻から抜きながら、遥は一心不乱に自慰に没頭した。

（先輩にされてる…）

そう思うだけで、快感は何倍にも跳ね上がる。

尻尾を弄りつつ左手の何本かを後孔に呑み込ませると、遥は皇一の愛撫を思い出しながら中のポイントを探った。中指の腹が前立腺を捉える。

「んンー…ッ」

シャワーの飛沫《ひまつ》を肩から浴びながら、遥はきつくタオルを噛み締めた。刺激の強さに体から力が抜けそうになる。タイルに寄りかかりながら、遥は必死に右手を動かした。合間合間に、左手で中の性感帯を弄る。そのたびにビクビクと体を震わせながら、遥にややして絶頂に達した。

「――――…っ、ん…ッ」

水色のタイル地に、パタパタと熱い白濁が散る。

屹立を最後まで扱いてその余韻に浸りながら、遥はハタと我に返った。

（や、ば…）

気づけばタオルは頭から落ち、尻尾も無防備に垂れ下がっている。最後の方は夢中すぎて、ここがどこかも忘れかけていた自分にいまさらながら気づく。

（はっ、早く、早く収まれ…！）

少しずつ余韻が冷めていくにつれ、シュルリ…と耳と尻尾が消えていく。獣化変容が完全に収まってから、遥は恐る恐るブースの外を覗いた。相変わらず人の気配はない。

「大丈夫、だよね…？」

誰にともなく小声で問いかけながら、遥はキョロキョロと辺りを見回した。所要時間は正味、十分程度だろう。その間に誰かが入ってきたとしたら、さすがに気配や音で気づいたはずだ。

（これでも俺、いちおうライカンだし）

ウィッチやヴァンパイアに比べれば獣属性を継いだ分、ライカンは聴覚と嗅覚《きゅうかく》に優れている。その感覚をもってしてもつかめない気配に盗み見られる可能性など、考えてみればゼロに等しいのではないだろうか。

「――だよね」

己の結論にようやく安堵《あんど》を得ると、遥はシャワーを止めて足早に脱衣所に向かった。のぼせかけていた体に衣服を纏って、風呂上がりのスポーツ飲料を飲み下しながらフィットネスクラブをあとにする。皇一のマンションからここまでの距離、約三十メートル――。走ればあっという間の帰途をゆっくりと引き返しながら、遥は皇一からの連絡がないか、確認のために携帯を開いた。

それが運の尽きだったというべきか、それともシャワールームでの浅薄《せんぱく》な行動を悔いるべきか。

「いたぞ、ライカンの完全体だ！」

（へ？）

そんな声が背後から聞こえたと思った時には、遥の視界は真っ暗になっていた。携帯画面に気を取られていたせいで、自分に何が起こったのか判断する間もなく。

「え、ちょっ……ええッ!?」

遥は傍らに停められたワゴン車に押し込まれて、いずこかへと連れ去られるはめになった。


（うーわ、まじ災難…）

黒い布袋を頭から被せられたあげく、車内で何かを嗅《か》がされたのまでは覚えている。そのせいで昏《こん》睡《すい》した遥が目覚めたのは、その日の夜になってからだった。夜、というのも窓の外が暗くなっているからの判断であって、正確には何時なのかもわからない。

（時間帯どころか、日付まで変わってたりして）

寝かされていたベッドにゆっくり身を起こすと、遥はどこかのんびりとした調子で胡坐《あぐら》を掻いた。緩慢な仕草で部屋を見渡しながら、さてどうしたものかな…と思案する。

とりあえず衣服に変化はなかった。ノースリーブのパーカーやミリタリーパンツをまくってみても、薬を打たれた痕跡などは見受けられない。ためしに両腕をぐるぐる回してみるも、体に不調は感じられなかった。どうやらモルモットにされるような事態には、まだ至っていないらしい。

「それも時間の問題かなぁ…」

硬めのベッドに敷かれた白いシーツと枕、そのどちらからもうっすらと薬品の匂いがしている。一見、病院の個室といった風情の部屋だが、そのわりには出入り口の扉が異様なほど頑丈すぎて風景から浮いている。厳重なロックの施されたそれは、まるで金庫室の扉のようだった。捕獲されたわりに手錠などの拘束がない理由は、それだけあの扉に信用があるということだろう。

(窓さえ開けば、自力脱出できそうなんだけど)
四、五階程度の高さであれば、遥の『跳躍《スプリント》』を使って難なく飛び降りることができる。とはいえ扉があれだけ厳重なのだ。窓に手抜きがあるとは思えない。ベッドを下りて近づいてみると、窓も案の定、頑丈な造りをしていた。ですよねー…と心中だけで呟きつつ、大人しくまたベッドに戻る。
「——どうすっかなぁ」

帰りは遅くなると言っていた皇一だが、そろそろ家に戻っている頃だろう。遥の姿が見あたらないことに気づけば、すぐに捜索活動をはじめるはずだ。そういえば、と探ったポケットに携帯の感触はない。あったところでなんて言い訳すればいいのか、思いつかないけれど。

(まさに攫われちゃったもんね、俺…)

正直なところを言えば、皇一の危惧《きぐ》は大げさすぎるとタカを括《くく》っていたのだ。ちょっと尻尾が生えていたくらいで、そんな攫われるなんてアリエナイって。——結果、ありえたわけだが。

捕まる寸前に耳にした、捕獲者の言葉をふいに思い出す。

「ライカンの完全体なんていいるわけないじゃん…」

いま何世紀だと思ってるわけ？　全身に獣化変容が及んだ狼男なんて、数百年前からすでにお伽噺《とぎばなし》の域だ。古《いにしえ》からの血を残すといわれる古代血種《クラシック》のライカンだって、尻尾を出すなんて話は聞いたことがない。あれ？　つーか、もしかして……。

(聞いたことがないからこそ、気をつけなくちゃいけなかった——のかな…？)

安易に外出などするべきではない、とできることなら半日前の自分に教えにいってやりたいものだ。こんなことなら家で大人しくしてればよかったな…と反省しつつ、ぼんやり窓の外を眺める。

風景のほとんどが闇に沈んでいることから、かなり郊外の方まで連れてこられたらしいと判断する。闇の中にポツンポツンと、断続的に続いている明かりは街灯だろう。その白く目映《まばゆ》い点線がだいぶ向こうまで見通せることから、周囲に建造物がないらしいこともわかる。

耳を澄ましても聞こえてくるのは空調の振動音と、敷地に隣接するらしい森のざわめきくらいだ。

急に心細さを覚えて、遥は左耳に指を添えた。被毛に埋まるほど小さなピアスをそっと探りながら、

「うわあ、どこだろココ…」

あーあ…と溜め息交じりに俯《うつむ》く。そうして、弱ったように両耳を伏せながら——。

(ていうか、耳出てるし)

慌てて下肢を確認すると、当然のように尻尾も出ていた。トランクスの裾からはみ出た尻尾が、左脚に沿ってミリタリーパンツの中に伸びている。よくよく思い返せば目覚めた当初から、このふっさりとした感触がそこにあったように思う。それに気づかなかった自分にもビックリだが、あまりにも耳や尻尾が体に「馴染んでいる」感覚に、遥は思わず眉を顰めた。

獣化変容は、単なる体の「反応」にすぎない。無理に鎮めなくても、放っておけば一時間もせずに収まってしまうような身体変化なのだ。セックスなどの極度の昂奮状態にあれば数時間もたせることも可能だが、その昂りが冷めてしまえば意思にかかわらず勝手に収束してしまう。なのに。

「なんでこんなに違和感ないんだろ…」

まるで生まれた時からこの姿でいたかのように、違和感がないことに激しい違和感を覚える。

と、ガチャン——という重い音を立てて、重厚な扉が外へと引き開けられた。白衣に眼鏡という、いかにも医者か研究員じみた風貌の男が一人、ゆっくりと中に踏み入ってくる。

(えーと、この人が悪の根源…?)

「ど、どちらさまですか?」

考えなしに開いた口からそんな間の抜けた問いを漏らすと、男は神経質そうに眼鏡のブリッジを押し上げながら「それはこっちの台詞だね」と、少しだけ眉を顰めてから小さく息をついた。

「もっとも、それについては三日かけて判明したけどね。正確を期するなら二日半、か。君の体質についていろいろと調べさせてもらったよ。ライカンの完全体という鳴り物入りで運び込まれてきた時は僕も浮き足立ったけどね、その点については完全に杞憂《きゆう》だったと言わざるを得ない。冷静に考えればそんなことがありえるわけがないんだけどね。このところ徹夜続きで判断が狂っていたんだろう」

どこか芝居がかった調子で額に手をあてながら、男は俯いて首を振ってみせる。

短く刈られた茶髪や、くすんだ浅葱《あさぎ》色の瞳。見た目は二十代半ばといったところか。吊り上がり気味の眦《まなじり》と眉間《みけん》のシワとが、気難しそうな雰囲気を醸し出していた。

（えーっと…）

怒濤《どとう》の説明がようやく途切れたところで、とりあえず思いついたことを口にしてみる。

「あの、ここはどこなんですか…？」

「とある企業の研究所だよ。僕はここの研究員でね、冨樫《とがし》というんだ。いちおうこの研究所ではナンバースリーという扱いを受けている。あともう少し実績がともなえば、現ナンバーツーを蹴落とせそうなんだけどね。その道のりはまだ長そうだよ。ああ、君が本当にライカンの完全体だったならそれも可能だったかもしれないね。でもその夢も空しく断たれたというわけだ」

「ちなみに俺、どうしてここに……？」

「君はフィットネスクラブのシャワールームで、一心不乱に自慰に励んでいたらしいね」

「う…っ」

真顔でそんなことを言われて、遥は思わず頰を赤くした。やはりというか――あそこでの一幕をどうやら誰かに目撃されていたらしい。しかも自慰に夢中すぎて気づけなかっただなんて、ライカンとしてとんだ失態にますます頰が熱くなる。

「尾の生えたライカンなど、僕の知る限り現存しないからね。それを見咎《みとが》めたのがバイヤーだったというのがまた不幸だったな。拉致《らち》されて研究所に持ち込まれるはめになったというわけだ」

「バイヤー？」

「君のようなサンプルをどこからか見つけてきては、売り飛ばしていく連中のことだよ。うちの研究所もたいがいグレーゾーンだが、いやはやもっとブラックな選択もありえたろうからね。そう考えると君はまだ運がよかったといえる。加えて君の担当が僕だったというのは、不幸中の幸いというよりもこの場合、地獄で仏という比喩《ひゆ》の方が…」

冨樫の話はとかく冗長で、わかりにくい。常人よりいくぶん、理解力が低いという自覚のある遥からしたら、まるで迷宮に引き込まれるかのような話し運びだった。

(えーと、いつ終わるのかなその話は…)

なかなか終わりそうにない冨樫の独壇場を、半眼になりながらもじっと見守る。

「要するに君、ただのライカンだね？」

(おお…！)

話がようやく終着点に至ったところで、遥は内心だけで喝采《かっさい》を送った。

「耳はともかく、尾まで出すライカンなんて初めて見たから僕も多少動揺してしまったが、いくつかの検査で薬物の関与が裏づけられた。よって君にはその薬物について…」

「そういや検査って？　つーか、なんで耳が出っ放し？」

「――君、話の腰を折るのはよくないな」

口上を遮られた不愉快さを眉を顰めて表しながら、冨樫がまた眼鏡のブリッジを押し上げる。

「君が昏睡している間にさまざまな検査をさせてもらったんだよ。だがもうそれも終わった。衣服は戻してあるし、身体機能を損なうような検査や薬品は使っていないから安心したまえ。注射や点滴の痕だって『治癒《ヒーリング》』で綺麗に消してあるだろう？　耳と尾が消えないのは、観察のためにホルモン剤を投与したからだよ。君の獣化変容を長時間、保つためにね」

冨樫の言葉によれば、自分はかれこれ丸二日、耳と尻尾つきという一見コスプレ状態でいるらしい。意識を失っていたとはいえ、体はずいぶんこの状態に順応していたようだ。

（この姿を、先輩以外の人に見られちゃったわけだ…）

しかも体中検査されたらしいというのに、そちらの方の記憶はまるでない。なんて能天気な体なんだろう…と胸中で嘆きながら、遥はミリタリーパンツの中で尻尾を波打たせた。

「それで、あんたは俺にどうしろっていうわけ？」

「ああ、君がさっき腰を折ってくれた話の結論だね。君にその薬物の詳細を吐いてもらいたいんだ。それにその――…いや、まあ先にそちらを聞こうか」

さっきまでの大仰な身振りをやめた冨樫が、どこか神妙な顔つきで腕を組む。急に雰囲気の変わった冨樫の様子に首を傾《かし》げながら、遥は「んー…」と言葉を濁らせた。皇一との約束を違《たが》えて、ここで何か白状する気はない。もっとも、何か吐けるほどの詳細を自分は知らないのだけれども…。

「んなこと言われても……そういうのは、あんたたちのが詳しいんじゃねーの？」

ハタハタと片耳だけを振りながら、口元に添えた親指の爪を噛む。冨樫はややしてから「そうだな」と呟くと、ふいに窓の外へと視線を投げ出した。

「――かつて、こういった効能の秘薬があったことは知られているよ。それを現代に甦《よみがえ》らせただけでも名誉勲章ものなんだが、この薬には秘薬との相違点が多々あってね。そういった点を鑑《かんが》みるに、出所についての見当はほぼついているんだ。君は、皇一くんのところのモルモットだね？」

「え、あ…」

図星をつかれて目を丸くした遥に、冨樫は薄く笑って顎を上げてみせた。

「彼が最近、秘薬の研究に身を入れているのは聞いているよ。君は治験《ちけん》の協力者なんだろう？　彼にそういったパートナーがいるとは知らなかったが、そうとしか思えない」

自分で言いながら納得したように頷きをくり返す冨樫の表情に、遥はピンと両耳を立てた。

「冨樫さん、もしかして先輩と知り合い？」

「ああ。アカデミーで以前、顔を合わせたことがあるよ。彼の研究は本当に素晴らしくてね。親交を深めたくて何度もこちらからアプローチをかけたのだが、いっこうに進展しなかったよ」

（そりゃ、そうだろうね…）

自分で言うのもなんだが、皇一は遥と研究以外のことには興味がないのだ。一緒に暮らすようになってますますそれを実感している今日この頃だ。

仕事相手でもない限り、皇一は基本的に顔も名前も覚えない。研究に関しての話は口にするが、人の言葉には滅多に耳を傾けない。まるで研究のために作られたロボットのようだと思うこともしばしばだ。けれど――遥が話しかけると、アンドロイドは途端に感情の色を露《あらわ》にする。

眦や口角の上下、瞳の翳《かげ》りや輝き、ほんのちょっとした変化ではあるけれど、たったそれだけでも遥には皇一の思いが手に取るようにわかるようになっていた。

『嬉しい、ってこういう感情を言うんだね』

いつだったかそう表情を和らげながら、優しく抱き締めてくれた腕をふいに思い出す。

（先輩に会いたい……）

うっかり聞き流しかけていたけれど、検査には二日半かかったと冨樫は言っていた。イコール、皇一と別れてからすでに三日近く経つ計算になる。

(それってけっこう、ヤバいんじゃないの…？)

左耳に嵌まった紫色のピアスを弄りながら、遥は初めて明確な不安に襲われた。

「俺、先輩のところに帰らなきゃ…」

やけに鼓動が鳴るのを感じながら、冨樫に目線を合わせる。それを受けて何事か口にしかけた冨樫の口を封じるように、また重い音を立てて扉が開かれた。

「おーい、いつまでかかってんだよ」

隙間から顔を覗かせた研究員が、無表情のまま冨樫に告げる。

「研究サンプルも充分取れたし、そのモルモットは用済みだろ？」

「いや、僕の用がまだ終わってない。担当は僕だ」

「あっそ？　俺はたんに局長命令に従うのみだよ。シッポつきのうちに、さっさと売り飛ばせとの仰《おお》せでね。お誂《あつら》え向きにオークション開催は今日の深夜だ」

「本当に、あのオークションに出すのか？」

「ああ。目玉の一つだった金狼が消えたんだ、主宰のやつらも飛びつくだろうよ。ライカンの完全体と銘打てば高く売りつけられる。薬効はあと数日なんだろ？　いまのうちじゃねーか」

「でも、彼は皇一くんの所有物なんだぞ」

「だから何？　あのアンドロイドが、モルモットなんかに執着するわけねーじゃん」

もうじき下に車くっから、と言い置くと研究員はすぐに部屋から出ていった。閉ざされる扉をどこか苦しげに見やりながら、冨樫が組んでいた腕をおもむろに解く。

「――聞いたとおりだ。タイムリミットはそう残されていない。君の身柄はすぐにも移送されるだろう。僕としてはもう少し、君と話したいことがあったんだけどね」

「オークションて…？　俺、売り飛ばされちゃうの？」

「このままだとそういうことになるね。――闇オークションて、聞いたことないかい？　不定期に行われる非合法な競《せ》り市《いち》のことだよ。売買されるのは薬や魔具、それから君のように外見が希少な者や能力が稀有《けう》な者たち、見目の麗しい人間なんていうのも商品になり得るらしいね」

魔族の一部の富裕層や、犯罪組織御用達の闇市《ブラックマーケット》と聞いて、遥は全身の毛を逆立てた。

「そんなとこで売り飛ばされたら、俺…」

「皇一くんにはもう会えないだろうね。それどころか二度と日常には還れない」

やけに実感の籠った冨樫の声に、遥は力なく唇を震わせた。

「ど、どうしよう…」

(ここで大人しくしてれば、先輩が迎えにきてくれると思ってたのに…)

こちらも震えて仕方ない耳を両手で庇いながら、遥は声を弱らせて俯いた。無言でベッドサイドに立っていた冨樫が、ややしてから小さく息をつく。

「君がただのモルモットじゃないことはわかってるよ。そうでなければそんなピアスは嵌めないだろうからね。見た目はただのピアスだが、それは中世の魔具を模した発信機だろう？」

冨樫が遥の左耳を指して首を傾げる。

(知ってたんだ…)

心配性の皇一に発信機能つきのピアスを渡されたのは、つき合いはじめて数日経ってからだった。皇一の作り出す薬は希少で高価なものが多く、その治験に協力していることもあり、遥の身に何かあったら危険だから用心のためにと要請されたのだ。それを聞いた時も「まっさかー」と思っていたのだが、自分が考えていたよりもずっとシビアな世界に皇一は生きているのかもしれない。

『僕と一緒にいることで、君を危険に晒す日がいつかくるかもしれない』

いつになく真剣な面持ちで、そう告げられたことを思い出す。

『それでも僕は、君を手放したくない。だからこれは僕のワガママだよ。——選ぶのは君』

皇一がその方が安心するのなら、と遥は深く考えもせずにピアスを開けてもらった。体のどこにつけてもいいというので、乳首とかやらしくない？　とむしろノリノリだったくらいだ。

『僕自身も、過去に何度か攫われかけたことがあるんだよ』

遥の耳に器用にピアスを留めながら、あの日独り言のように呟かれた台詞。

(あの言葉も、本当……？)

それからすぐに携帯が鳴り、話はそのままになってしまったので今日まで頓着《とんちゃく》せずにいたけれど。

皇一のそばにはいつだってこんな闇が横たわっていたのかと、いまさらながらに思い知る。

これまでも、これからも。

(——ごめん、先輩)

皇一がこんな目に遭うだなんてもちろん冗談じゃないし、自分がこんな目に遭って皇一を悲しませてると思ったら、いても立ってもいられなくなった。

「でも、発信機あるのになんで三日も…」

「ああ。この研究所には独特の磁場があってね。恐らくそれに阻まれて、ピアスの発信は彼のところまで届いていないいんじゃないかな」

「え？」

「彼もそれくらいは予測してたはずだよ。発信妨害に遭うだろう研究所のリストアップくらいは済んでるはずだ。まあ国内だけでも五十はあるから、君の失踪《しっそう》からいままでひとつひとつ虱潰《しらみつぶ》しにしてるのが現状だろうね。でも、このままじゃタイムアップだ。彼は、君の元まで辿り着けない」

痛い現実を突きつけられて、遥は耳を伏せたまま唇を噛んだ。

「そんな…」

「僕も局長命令には逆らえない。君を、オークション開催者に引き渡すしかないんだ」

「そんなのぜったいお断りです…！」

「そう言われてもね…僕も困る」

蜜色の被毛に覆われた小さなピアスにかりっと爪を立てる。これがあるから、いずれ迎えにきてくれると思って呑気《のんき》に構えていたのだ。このまま一生、先輩に会えないなんて——。

（そんなのぜったい無理）

伏せていた両耳をピッと持ち上げると、遥は強い眼差しで冨樫を見やった。

「冨樫さんは俺の敵？　味方？」

　突然の切り返しに、冨樫が虚をつかれたようにポカンと口を開ける。

「そりゃ明らかに、敵の部類だろう」

「じゃあ、どうしていろいろ教えてくれたの？　最初はただの変な人だって思ってたけど、俺、いまはあんたのことけっこう信用してるよ」

「信用？」

「うん。だって先輩に好意持ってくれた人に、悪い人はいないと思うから」

　遥と出会うまでは、己ですら自分自身をアンドロイドのように思っていたと皇一は言った。そんな彼を周囲はまるで感情のないロボット然として扱っていたのだと、彼の妹の真芹《ませり》からも聞いている。

先ほどの研究員の暴言は、皇一の人柄に対しての外野の意見そのものだ。

（だから、ちょっとビックリしたんだ…）

　自分と出会う以前の皇一に好意を持っていた人物なんて、遥が知る限り冨樫が初めてだった。

「いまだって冨樫さん、つらそうな顔してるし。俺の境遇に同情してるでしょ？」

「そうだね――。君が彼のモノだと最初から知っていたら、僕は手を出さなかったかもしれない」

「じゃあ、一つだけ俺の願い事聞いて」

　言いながら人差し指を鼻先に立てると、遥はじっと冨樫の顔を見つめた。

「願い事？」

「そう。俺がここを出てからでいいから、先輩に連絡して。俺がどこへ連れてかれたかリークして」

「……悪いがそれはいまさらだよ。オークション開始は数時間後だし、開催場所だって限られた者にしか知らされない極秘事項なんだ。それを割り出している間にゲームオーバーに…」

「いいの、無駄かもしんないけど、やるの。先輩が俺の居場所わかんないんだったら、俺が何か手を打たないとじゃん？　そもそも俺が悪いんだし、呑気に先輩の助け待ってる場合じゃなかったって反省も込めて、俺はいま俺のできることをする」

ベッドを下りると、遥は傍らに放置されていたサンダルに爪先を突っ込んだ。

作戦なんて何もない。皇一の元に帰りたい——いま遥を動かしているのはその一心だけだった。

(現状、俺はまだここにいて誰にも売られてないんだし)

何かできることが必ずあるはずだ。自分の身の上やオークションのことを考え出すと、いまにも足の竦みそうな怖さがあるけれど。ここで震えていても、何の解決にもならないから。

この場で悲嘆に暮れることこそ、遥には時間の無駄に思えた。

「君は、怖くないのかい？」

冨樫の心底不思議そうな声に、遥はキッと眼差しを眇めた。

「そんなの、めっちゃ怖いに決まってんじゃん…！　不安だし弱音吐きたいし、つーかぶっちゃけ泣きたいけど！　そうも言ってらんないから、動く」

皇一は自分を手放したくないと言ってくれたけど、それは遥だって同じだ。誰よりも皇一のそばにいたい、引き離されたくなんかない。だから——。

(俺は、諦めない)

窓から外を覗くと、ちょうど真っ黒いワゴン車が敷地内に入ってくるところだった。いまにも闇に紛れそうな車体は、とてもカタギの車には思えない。

「うーわ、迎えきたっぽいし。冨樫さんどうする？　俺の共犯者になってくれる？」

「共犯者、か」

しばし宙に浮かせていた視線を、冨樫は小さく笑いながら遥の上に戻した。

「君は面白い子だね。君のような子を皇一くんが選んだってのが、何よりも興味深いよ」

「えーとそれ、好意的な意見だよね？　時間ないから俺、いいように解釈しちゃうけどいい？　つーかもう解釈しちゃったから。電話よろしくね。先輩に愛してるって伝えて」

階段を上る足音が遠くから聞こえてくる。それは耳の出た遥だから捉えられる靴音だった。歩き方からさっきの研究員だろうと知れる。それを追いかけるように続く足音はやけに重たく厳《いか》つかった。それだけで、とても腕力じゃ敵《かな》いそうにない体格の持ち主だとわかる。

（うーん、『力ずくで脱走』案は却下か…）

学業成績で常に最低ランクを爆走している自分が捻り出している時点で、どれもこれも成功率低そうないきあたりバッタリ案でしかないのだが、少しでも前向きに何かを考えていないといまにも脚が凍りついてしまいそうだった。足音は次第に近づいてきている。

「あ、先輩の番号、俺の携帯に入ってるから。リダイヤルの一番上がそれね」

その場で軽く足踏みしながら冨樫に視線を送る。何やら思案げにこちらを見ていた冨樫が、急に我に返ったように「ああ、そうか」と口を開いた。

「忘れていた。そうだ、携帯で…」

「ちょっと、上の空禁止！　まじでちゃんと電話してよ？　……つーかこの部屋、盗聴器あったりしないよね？　うーわ、その可能性失念してた…っ」

しゃがみ込んで頭を抱えた遥に歩み寄ると、冨樫は遥の伏せ耳にパーカーのフードを被せた。

「――君は慌ただしい子だね、本当に」

溜め息交じりに呟きながら、冨樫も同じようにして傍らに膝をつく。

「安心したまえ。この部屋についてるのは監視カメラだけだ。盗聴器はない」

遥を介助するように手を貸しながら、冨樫はさりげなくポケットに何かを滑り込ませてきた。

「え？」

「所内からの発信はすべて傍受されてしまうんでね、僕は君に手を貸せないんだ。だから君が自分で連絡するといい。――もともとは所持品を返しにきたんだよ、ここへ」

そっとミリタリーパンツの上からポケットを探ると、慣れた輪郭が指で辿れた。

「でもこれから移送されるのに、そんなの…」

「うちの研究所からオークション行きが出るのは前にも何度かあったことでね。だいたいの手順は把握している。僕が薬を嗅がせる演技をするから、君は気絶したフリをしなさい。意識がなければ、手錠や監視もなくワゴンに移されるよ。能力を封じる首輪はかけられるけどね」

「……冨樫さん」

「研究所から会場までの道中なら通じるはずだ。運転席と後部座席の間には仕切りがあるから、話を聞かれることもないだろう。ああ、くれぐれも携帯は見つからないように隠しておきたまえよ」

見つかっては元も子もない、とぼやきながら冨樫が手早くポケットから出したガーゼを遥の口元にあてる。どこかにあるらしいカメラを意識して体の力を抜くと、冨樫が慣れたように遥の重みを両手で受け止めた。足音もだいぶ近くまできている。

「ねえ、冨樫さんがここにきた『本当の用』って何…？」

来訪の本来のワケを知りたくてガーゼ越しに問いかけると、冨樫は少しだけ目を細めて笑った。

わざわざ遥の元を訪れた理由、それはけして秘薬や携帯のためだけではなかったはずだ。思えばずっと何か言いたげにしていた冨樫の言葉をじっと待つ。

「ただ知りたかっただけだよ――皇一くんが達者にしてるかどうか」

「そっか、そーなんだ…」

(どうしよう、すげー嬉しいんだけど…)

遥や実妹以外に、皇一の身を案じてくれる人がいたなんて――。帰ったら一番に、皇一に報告しなければと思う。急に涙腺《るいせん》が緩みそうになって、遥は薄く開いていた瞼を閉じた。ひと筋だけ溢れた涙がガーゼに吸い込まれていく。

「あのね、すげー元気だよ。そんで俺と相思相愛なの」

「ハハ。彼のオトコの趣味については認識を改めないといけないな」

「それって褒めてる？　貶《けな》してる？」

「もちろん褒めてるよ。――君は本当に不思議な子だね」

新たに零れた涙の筋を、冨樫がガーゼの端で拭いながら口元を緩める。

「皇一くんが君を選んだのもわかる気がするよ。脱走補助なんてこんな契約違反、バレたら首が飛びかねないんだけどね。いまは君の無事を祈ることしかできない自分を歯痒く思うよ…」

ふいに体が重くなった気がして薄目を開けると、冨樫が淡い笑みを浮かべるところだった。

「ああ、効いてきたね。君は演技下手《へた》そうだから、少しだけ薬を染み込ませておいたんだよ。五分程度で目が覚める。ああ、携帯は落ちそうにないところに入れておくよ」

「冨樫…さん…」

「君に会えてよかったよ。こんな出会いじゃなけりゃ、もっとよかったんだけどな。——皇一くんにはこの先一生憎まれる運命になるだろうが、それも覚悟してる」

何かを悟ったように笑う冨樫に、遥は小さく首を振って声を絞り出した。

「冨樫さん…イゴ…」

「イゴ?」

「囲碁、好き…?　先輩、最近……急に嵌まったみたいで…」

「あの皇一くんが?」

「そ、う……冨樫さんは囲碁、やる人…?」

「いちおうルールは知ってるけれど…」

「じゃ、家に遊びきて…」

遠のきそうな意識を必死に繋ぎ止めながら、冨樫の白衣をつかみ締める。

「先輩の相手、したげてよ……俺じゃ、話になんなくて……」

「そんなこと…」

「俺、無事に帰るから……だから、遊びにくるって約束して…?」

足音がピタリとやむのがわかった。扉を開錠する物々しい音が聞こえてくる。

立てた小指に絡まる指を感じながら、遥は意識の結び目を解いた。

3

ガタゴト…と、揺れる車内で目を覚ます。

咄嗟《とっさ》に身を起こそうとして、遥は寸前で思い留まった。

(あ、俺…っ)

暗い車内に目を凝らすと、まるで犬のような扱いで小さな檻《ケージ》の中に入れられていることがわかる。

あのまま飛び起きていたら確実に天井に頭を打ちつけていただろう。

(——そうだ、携帯)

ごそごそとポケットを探るも目的の物は見つからない。同時に違和感を覚えてトランクスに手を突っ込んでみると、ストラップ部分がウエストに引っかかってうまいこと下着内に収まっていた。

「……冨樫さん」

確かにミリタリーパンツのポケットだとすぐに気づかれる可能性があったろうが…。

人肌に温まった携帯を取り出すと、遥は小さく身を縮めたまま辺りを窺った。街灯の明かりが差し込むたびに明るくなる車内を観察した結果、積み重ねられたケージの中にいるのは自分だけだということを確認する。運転席とは分厚そうな仕切りで隔てられており、首筋にはこれまた犬用らしき首輪がかけられていたが、冨樫の言葉どおり監視の目はつけられていないようだった。

(いまのうちに……)

速まる呼吸を宥めながら、遥はリダイヤルボタンを押した。すぐに聞こえたガイドアナウンスがやけに大きく聞こえて、慌てて受話音量を下げる。

（つーか、先輩……電源が切れてるってどういうこと…）

予想外の事態に一瞬うろたえるも、遥は続いてすぐにリダイヤルリストの二番目をコールした。今度は間髪《かんぱつ》をいれず出た相手が、電話口で素っ頓狂な声を上げる。

『って、神前ィ…!?』

「もしもし、俺。近くに先輩いない？」

『や、いま外してんだけどすぐに戻って……つーか、おまえいまどこにいんだよ？』

（よっしゃ、ビンゴ！）

遥が失踪《しっそう》した場合、連絡がいきそうな相手といえばコイツしかいないと踏んでいたのだ。夏休み前に引き続き、借りばかりが増えてくなぁ…と思いつつ、遥は声音に安堵を滲《にじ》ませた。

「いま、車で連行されてるとこ。どうも俺、今夜のオークションに出品されるらしくって…」

『あーその情報、こっちでもつかんでるよ』

「へ？　まじで？」

メガネの情報魔、八重樫仁《やえがしじん》の思わぬ台詞に今度は遥が声を上げる番だった。

『俺の情報網、舐《な》めんなよ？　本当は今夜中にそっちの研究所に侵入する予定だったんだけどな。急に事情が変わって、こっちもちょっとテンパってたとこだよ』

「つーか居場所わかってたんなら、どうして三日も…」

『あのな、大人の事情がいろいろあったわけ。ったく、真芹は研究所なんか壊滅させりゃいいとかほざいてるし、皇一先輩はあと先考えず乗り込もうとするし…。俺がどうにか穏便《おんびん》策を練ってたんだよ。命に別状ないのはわかってたからな』

「でもおかげで俺、転売されてんですけど」

『あーあー、不測の事態だよ。だーからテンパってるって言ったろ？　——お、ピアスの波動キャッチ。向かってる先は俺の割り出した場所で合ってるな、よーしよし』

八重樫の声に交じって、忙しくキーボードを叩く音が聞こえてくる。その後ろでたまに聞こえてくる女声は真芹のものだろうか。皇一の声が聞きたくて、遥は無意識のうちに耳をそばだてていた。

「ねえ、先輩は…？」

『いま所用で外してるけど……っと、帰ってきた』

八重樫の声が唐突に遠くなって、代わりに心底聞きたかった声が静かに自分の名前を呼んだ。

『遥…？』

「——先輩…」

声を聞いた途端、ボロボロと大粒の涙が零れて止まらなくなった。張り詰めていた気持ちが急に緩んで、その隙間にたとえようのない安心感が広がっていく。

「な、なんで携帯の電源入ってないの…っ」

自分のことはすっかり棚に上げて咄嗟にそうやつあたると、皇一は笑みの気配を少しだけ声に滲ませながら溜め息をついた。

『充電が切れてしまってね。――でもそんな文句、うっかり攫われてる子に言われたくないよ?』

そりゃ、そうだよね…と内心だけで同意しながら、遥はスンと鼻を鳴らした。

(先輩、なんて疲れた声してるんだろう…)

皇一と話ができたら伝えようと思っていた言葉をすべて飲み込む。サイアクの事態に備えて、サヨナラとかアリガトウとか、言わなければいけないのではと覚悟していたのだが。

皇一の声を聞いた途端、そんな気持ちはすべて吹き飛んでいた。

『君は無事? 怪我《けが》とかしてない?』

「うん、大丈夫。とりあえず元気だから安心して」

三日近く寝こけていた自分とは対照的なほど、皇一の疲弊しきった声が耳に痛い。遥の大好きな深みと張りのあるバリトンが、いまはガサガサに掠れていた。

この三日で皇一にかけた心労を思うと、遥は涙が止まらなくなった。

「先輩、ちゃんとごはん食べてた…? 睡眠取ってる…?」

『それは僕の台詞だよ。君がどこでどうしてるか、何をされてるか――考えるだけで世界が終わりそうな気がするんだ。怖くて堪らなかったよ。夜がくるたび、心が潰れそうになった』

「先輩…」

この人、自分がいなくなったらきっと死んでしまう――。驚くほど自然にそう思えた。たとえ生きてたとしてもまた以前のようなアンドロイドに戻るのだとしたら、それは死とほぼ同義だ。

(そんなのだめだよ、先輩)

心を閉ざし、氷のように凍てついていた皇一の胸に感情の火を点した自負が遥にはあった。このまま不条理な別離が現実化したら、それは容易《たやす》く吹き消されてしまうかもしれない。それほどに皇一の胸に、己の存在が根ざしている自信がある。だって自分がそうだから――。

「先輩がいないと俺、生きてけないよ」

恋愛なんて割りきって遊ぶゲームみたいなものだと思っていた遥に、途方もない恋しさや愛しさを教えてくれたのが皇一だから…。止まらない涙を拭いながら決意を告げる。

「だから――俺ぜったい、あんたのところに戻るから」

『遥…』

「先輩もぜったい、俺を諦めないでね」

一定だったワゴンの走行が、次第に減速をはじめる。目的地が近づいてきたらしい。

『僕が、君を諦めると思うかい？』

「――思わない。だから、待ってる」

『必ず君を迎えにいくよ。だからどうか、無茶だけはしないで』

「うん…」

涙に詰まりそうな声でそれだけ返すと、遥は送話口にそっと口づけた。

（俺と先輩なら大丈夫――）

その数秒後に割り込んできたノイズが、二人を繋いでいた糸を断ち切る。

電波妨害があるということは、すでに会場の敷地内に入ったのかもしれない。薄暗い道を進むワゴンの中で遥は閉じた携帯をミリタリーパンツのポケットに忍ばせた。ややして停車するなり、慌ただしく後部の扉が開かれる。パッと目映いライトが遥の網膜《もうまく》を焼いた。

「これがライカンの完全体?」

「おいおい、耳しか見えねーじゃん。ガセじゃねーのかよ」

作業員らしき男たちの声に、運転席から降りてきた男が声をかける。

「獣化変容は俺が確認済みだ。こいつ、まじでシッポつきだぜ? 悪趣味なセレブ連中のおもちゃにはちょうどいいだろうよ」

「へーえ…」

いくつもの懐中電灯の光が舐めるように動いて、遥の体を檻の中で浮かび上がらせる。逆光でよく見えない人影にキッと視線を投げつけながら、遥は四つん這いのまま両耳を伏せた。

「お、顔も可愛いじゃねえか。こりゃ悪くねーな」

「榊《さかき》さん、もちろんお試しアリですよね?」

こちらを覗き込んでいた男の一人が、下卑《げび》た笑いを響かせながら運転手だった男に向き直る。

「そんな時間あると思うか? 今夜はこのまま出品する」

途端に湧き起こった不平の声に、榊がドスの利いた声で「二度は言わねーぞ」と念を押した。そのたった一言で、作業員たちの竦み上がる気配が伝わってくる。

「おら、さっと運べよ。いつものB8エリアだ」

榊の指示で檻ごと運び出された遥は、そのまま倉庫のような建物の中に移された。慣れた風情で檻を運んでいた作業員たちに、榊がふと気が変わったように新たな指示を出す。

「ちょっと待て。こいつは一度、業務室に運べ」

「え、業務室にですか？」

「そうだ。何だ、文句あるか？　あんならはっきりと言え」

「いいえ、滅相もない…！」

作業員たちが目に見えて顔色を変えながら、慌てたように進路を変えた。下りかけていた階段を上り、いくつかの狭い通路を経て、業務室らしき部屋に運ばれる。

「そこに置け」

榊の示した机の上に檻を置くと、作業員たちはそそくさと部屋を出ていった。そのうちの一人が去り間際に零した小さな呟きを遥の聴覚が拾ってしまう。

「ったく、自分はきっちり楽しむ気じゃねーか…」

「——え」

先ほどからの話の流れくらいは、さすがに鈍めの遥でも読めた。

（お試しとか、楽しむ気って…）

いやいやまさかと思いつつも、とめどない悪寒《おかん》が背筋を這い上がっていく。

「さーて二人っきりだな、坊や」

業務室の扉が閉まるなり、傍らに立った榊が檻の鍵を外して手を差し伸べてくる。遥は怖々と耳を伏せながら、じっと中から様子を窺った。

「ハッ、何もしねーよ。いーから出てこいって」

警戒する遥に苦味の効いた笑みを浮かべてから、榊が椅子を引いて距離を取る。わざとらしいほどゆったりとした仕草で腰かけると、榊は懐《ふところ》から出した煙草に火をつけた。

「じゃあ、こうしようぜ？　大人しく出てくりゃ何もしないでいてやるよ。だがもし犯されたいんなら、そのまま入ってろ。引きずり出して裸に剝いて、後ろから前からヤり尽くしてやる」

「……ッ！」

ビクッと肩を震わせた遥が、慌てて檻から這い出てくるのを榊が楽しげに眺める。

「そうそう。ガキは素直に大人のいうこと聞いてろよ」

（——ていうか、いまのは脅《おど》しじゃん…）

ずっと折り畳《たた》んでいたせいで痛む節々を伸ばしながら、遥は慎重に机から降りた。椅子と机の他には古びたベッドしかない、ひどく寂れた風情の部屋だ。その真ん中で脚を組みながら笑う男の表情に、遥は改めて視線を据えた。

年の頃は三十代後半くらいだろう。こんな稼業に手を染めているだけあって、榊の佇まいには言葉では言い表せない迫力が満ちていた。甘く端整ながら、独特の棘《とげ》を感じさせる表情には余裕の二文字が貼りついている。こういう類《たぐい》の男を、世間は苦味走ったいい男と評するのかもしれない。

（とりあえず、すごく油断ならない人…）

遥自身はそう判断を下すと、そそくさと机の後ろに回って距離を取った。その動きにまた榊がフッと唇を歪めて笑う。

「そう警戒すんなよ。ここは俺の居室みたいなもんでな、アホな作業員は立ち入れないから安心しろよ。じゃ、とりあえず脱いでもらおうか」

「へっ、脱ぐの…!?」

「あたりまえだろ。そんな無粋なモン、商品に着せとくわけにゃいかねーだろ。新しい服はあとから持ってきてやる。四の五の言わずにさっさと脱げ」

（そ、そんなこと言われても…）

突然のことに逡巡していると、すぐに「二度は言わねーぞ」とドスを利かされる。迫力に圧されて耳を伏せると、遥は震える指でパーカーを脱ぎ、ミリタリーパンツに手をかけた。

「ああ、その前に」

と、急に立ち上がった榊が近づいてきて、遥は思わず尻尾を縮こませた。だがその怯《おび》えに頓着したふうもなく、榊は遥に向かって「ん」と掌を差し出してくる。

「え？」

「先に出せよ、携帯。どうせ敷地内じゃ使えねーけどな。持ち物は一切合切没収することになってるんでよろしく。――トランクスに手ェ突っ込まれたくなきゃ大人しく出せよ」

最後の脅しに屈するように、遥は慌ててミリタリーパンツから携帯を取り出した。

「何だ、ズボンに入れてたのか。おまえ、研究所出る時は確か、トランクスの中に隠してたよな？」

「どうして、それを…」

「壁に耳あり、障子に目ありって言うだろ」

（ま、まさか…）

車内での通話も聞いてたぞ、と言われて遥はいよいよ背筋を凍らせた。

「念のため言っとくが、ワゴンの仕切りは防弾防音仕様なんでな。普通は聞こえねーよ。冨樫の助言は正しかったが、俺の『千里眼』を計算に入れ忘れたようだな。別名『地獄耳』っつーんだけど」

遥の手から取り上げた携帯を、バキッと二つ折りにしてから机に転がす。

「ま、あいつは俺の能力なんて知らねえから無理ねーか」

カクカクと遥の膝が震え出したのを楽しげに眺めながら、榊は満足げに煙草を咥えた。

「おまえ、オークションの商品にされて逃げられると思ってるのか」

フーッと紫煙《しえん》を吹きかけられて、きつく目を瞑《つむ》る。その隙を狙ったように、頤《おとがい》を取られて持ち上げられた。上向いた遥の顔を覗き込みながら、榊の左手が一閃する。

「あ…っ」

いつの間に手にしていたのか、バタフライナイフで裂かれたミリタリーパンツがすとんと床に落ちる。続いてトランクスにあてられた刃先が、じわじわと裾を持ち上げはじめた。

「俺は右利きなんでね、手元が狂ったら悪いな」

咥え煙草のまま、一瞬で裂かれたトランクスがミリタリーパンツの上に重ねて落ちる。

あっという間に裸にされて、遥は声もなく身を震わせた。

「――シッポか。悪くねーよな」

笑い含みの声音が、じっとりと遥の耳元に寄せられる。鋭い刃先が今度は尻尾の被毛に埋められた。

分厚い毛を探るように動かされて、カチカチと歯の根が噛み合わなくなる。

「でもシッポつきのライカンなんて恥ずかしくねーか？　どうだ、俺が切り落としてやろうか」

言いながら強めに刃をあてられて、遥は視界が涙でぼやけるのを感じた。

（どうしよう、怖い…）

伏せた耳を震わせながら必死にしゃくり上げを堪えるも、喉が震えて情けない声が漏れてしまう。

「ひ…っ、ぅ…」

「なんだ泣く気か？　おまえな、これ以上サディストを喜ばせてどうすんだよ」

クックッと急に笑いはじめた榊が、気が殺《そ》がれたように唐突に遥の身を解放した。

（え？）

「おっと、危ねぇ」

衣服に足をからめとられていたせいでよろけた瘦身《そうしん》を片手で支えながら、榊が「ほら、サンダル脱いで片足ずつ上げろよ」と新たな指示を送る。気づけば遥は、正真正銘の丸裸だった。

「あーあ。全部脱いじまうと、色気ってな吹っ飛ぶもんだよなぁ…」

刃を戻したナイフを懐にしまいながら、榊が嘆くように呟いた。

（え、え……？）

咥え煙草を右手で摘《つま》みながら、混乱で涙目を見開いた遥に笑いかけると、榊は前触れなく遥の股間に左手を添えてきた。

「や…っ」

「残念だな。おまえがアレで勃つようなら、俺が横取りしようと思ってたんだがな」

萎えたままのペニスを名残惜《なごり》しそうに撫でながら、榊が遥の濡れた目元にキスを落とす。

「ええ…っ⁉」

「悪いが、略奪が俺の趣味でね」

尻尾の生えた遥の様子が予想外に可愛かったこと、車内の通話で恋人がいるらしいことを知って割り込みたくなったことを悪びれたふうもなく白状すると、榊はなおも手を動かした。

「あっ、や…」

「舐めて弾いて可愛がってやりゃ、ココも勃つんだろうけどな。生憎、それは俺の趣味じゃない」

「やめ…っ、離してくださ…っ」

「血が出るほどココを噛んだり、爪で粘膜をいたぶったりな。ああ、タマが潰れる寸前まで揉みしだくってのもいいな。なあ、ピンク色の精液とか出してみたくないか？」

（冗談じゃない…！）

力いっぱい首を振ると、榊はようやく諦めたように両手を挙げた。

「顔とシッポは好みなんだけどな。ホント、残念だよ」

「あ、あんた、そんなこと本気で…っ」

「あー本気だよ？　おまえの泣き顔がまたそそるんだよな。恐怖と痛みで引き攣《つ》りながらイク快感を教えてやりたいよ」

（滅相もありません…！）

ブンブンと首を振る遥を笑って眺めながら、榊は火のついたままの煙草を指先で弾いた。煙の軌跡を反射的に追った視線を、顎を取られて元に戻される。

「いいか、俺の上をいく変態どもが手ぐすね引いて待ち構えてるのがオークションだ。で、そいつらを食い物にして生きてるのが、俺らみたいな悪党でね。並みいる変態と悪党を出し抜いて、おまえは本当にここから逃げられると思ってるのか?」

間近で眇められる眼差しが、鋭い雷《いかずち》のように遥を射抜く。それを必死に見返しながら、遥は大きく息を吸った。

「──でも、先輩はぜったいきてくれる。俺はあの人を信じてる」

「おやおや、ずいぶん固い絆《きずな》なんだな。そーいうの引きちぎるのも俺の趣味なんだけどね」

ニヤリ、と榊の目が不穏な光を帯びる。

唐突に近づいてきた唇を避けようと、遥は顎にかけられた手に爪を立てた。全力で引き剝がそうとするも榊の手は外れない。

「やっ、やだ…っ」

「はいはい、足搔くなよ。よけい虐《いじ》めたくなんだろ」

「……ッ」

ベロリと頬を舐められて、遥は嫌悪と恐怖で尻尾の毛を逆立たせた。

「おー、しょっぱ。涙の味ってか?」

言いながらもう一度舐められて、咄嗟に榊の胸を強く押し返す。その抵抗がまた榊の興味を引いたのか、今度はまじまじと顔を覗き込まれた。

「……おまえ、ホントまじ可愛いな」

「は？」

「顔といい性格といい、すげー好みなんだよなぁ…。ガキだけど」

渋い煉瓦《れんが》色の髪をバリバリと掻き乱しながら、榊はヒョイと一歩退いた。解放された遥が慌てて掌で頬を拭うのを楽しげに眺めながら、「さーて、どうしようかね」と懐からまた煙草を取り出す。

「最近は真性しか相手してねーんだけど、おまえにゃその素質はなさそーだよなぁ」

「真性？」

「そ。真性マゾ。仮性程度ならありそうだけど、それで俺が満足できるかが問題だよな」

（し、知らないし、そんなの…！）

榊がどこか考え深げに紫煙を燻《くゆ》らせるのを涙目で見据えながら、遥はいまさらながら尻尾を持ち上げて股間を隠した。それに気づいた榊が、フッと口角を上げてからおもむろに内線でどこかに連絡を入れる。ややしてノックの音が響き、応対した榊が何かを手にして戻ってきた。

「ステージ衣装だ。言っとくがこれは俺の趣味じゃないぞ？」

ばさりと投げつけられた服を広げる。

「………」

思わず榊に目をやると、だから俺の趣味じゃねえって、と顔を顰《しか》められた。

白いフリルとレースがふんだんにあしらわれたそれは、服というよりはただの――。

（エプロンじゃん…）

「尻に穴の開いた服なんて、ＳＭ用しかなくってな。そっちのがよけりゃ替えてやるぞ？」

「……これでいいです」

裸でいるよりはまだましかと思って身につけてみるも、背面はほぼ露出したままなのでむしろ動くたびに股間がスースーして、よけいにいた堪れない気分を味わう。モジモジしながら机の陰に立っていると、椅子の背に腰を預けていた榊がひょいと首を伸ばして覗き込んできた。

「ああ、可愛いじゃねえか。こりゃ高値が期待できるな」

そう言ってニヤついた榊に、キッと眇めた視線を投げつける。

「売られる前に逃げますから、俺…！」

（有閑セレブの慰み者にされるなんて、冗談じゃない！）

先ほど榊に匂わされた性的嗜好《しこう》だけでも頭がパンクしそうになったというのに、それ以上の変態嗜好なんて想像すらつかない。でも一歩間違えば、確実にそんな運命が自分を待ち構えているのだ。

緊張で耳を立てたり伏せたりしながら、遥はエプロンの短い裾をぎゅっと握り締めた。掌にじっとりとイヤな汗が広がっていく。

「ほう、まだ逃げる気でいるのか？　はたしてそんな猶予《ゆうよ》がおまえにあるのかね」

腕時計に目を落とした榊が、クックッと笑いながら煙を吐き出す。渦巻く不安に苛まれながらも、遥は大きく息を吸うと両耳の先をピンと立てた。

「あんたが何と言おうと俺は逃げるの！　で、先輩の元に帰る…！」

「どうしてもか？」

「どうしても！」

力いっぱいそう言いきったところで、榊がハッと低く息を吐いた。

「そんじゃ、お手並み拝見といこうかね」

ふいに遠くの方で、大きな歓声が弾けた気がした。

「――はじまったな」

続いて狂喜じみた空気がビリビリと鼓膜を震わせる。その圧力に思わず身を縮めた隙に。

「なっ」

気配もなく近づいていた榊が、慣れた仕草で遥の首輪に綱《リード》を繋いだ。ジャラリとした鎖の重さが首筋にかけられる。

「本当は前半の目玉枠で出そうと思ってたんだけどな。出品順をトリにしてやるよ。そうすりゃおまえも時間が稼げるだろう？　その間に逃げてみせろよ」

そのまま強く鎖を引かれて、ガチャンと耳障りな音が部屋に響いた。

「ま、逃げられるもんならだけどな」

挑戦的な眼差しを受けながら、遥は必死に己を奮い立たせた。

はっきり言って勝算なんてない。この拘束を解いて抜け出す自信も術《すべ》も、遥には何もなかった。

（でも先輩はきてくれる、ぜったい）

それだけを絶対的に信じて、遥は真っ直ぐに榊を見返した。

「俺に逃げられて、吠え面かくのはあんただよ」

「そりゃ楽しみだな。だが、おまえも覚悟しとけ？　悪いが気が変わっちまったんでな」

「へ？」

「もし逃げられなかったら、俺がおまえをマゾに調教してやる。誰に買われようが俺には奥の手があるんでね。俺がおまえの飼い主になってやるよ」

どこまでが本気なのかわからない笑顔でそんなことを口にすると、榊は遥の鎖を持ったままどこかへとまた連絡を入れた。ややして今度は、燕尾服《えんびふく》を優雅に着こなした青年が業務室に現れる。

「お呼びですか、支部長」

「ああ、こいつをプログラムのトリに移せ。名目は『ライカンの完全体』だ。それまではS1エリアの屋根裏に繋いでおけよ。くれぐれも、厳重にな」

そうして遥を引き渡すと、榊は「またあとでな、ハニー」と笑顔で掌をひらめかせた。その憎らしい笑みをすぐに扉が絶ち切る。

「いくぞ、七十八番」

「七十八番？」

「君の商品番号だ」

「……あっそ」

ジャラリと鎖を引かれて、遥は胸中だけで自棄《やけ》クソ交じりにドナドナを口ずさんだ。

4

（……くる、こない……くる、こない…）

胸のうちでもう何度、このフレーズをくり返したろうか。

「くる、ぜったいくる――」

そう声にして自分に言い聞かせながら、遥は天窓から見える星空に視線を留めた。

この部屋に繋がれてから、ゆうに二時間は経っている。時折、足元から這い昇ってくるワッという圧力。この下でくり広げられている悪趣味な催しを少しでも忘れていたくて、遥は都会でも見える一等星に目を凝らした。だがどんなに気を散らそうとしても、やはり進行具合が気にかかってしまう。

（耳を澄ましても聞こえないし…）

どうやらこの部屋には防音が施されているらしく、いくら遥といえど詳細は窺えない。たまに悲鳴なのか歓声なのか、判別のつかない響きが聞こえたがそれもすぐに途絶えてしまう。

皇一たちはどんな手段でここに潜り込む気でいるのか、電話で聞いておけばよかったと遅すぎる後悔に苛まれながら、遥はじっと「刻《とき》」がくるのを待った。

（はたして、どっちが早いか…）

皇一たちの訪れか、それとも遥を迎えにくる燕尾服のノックか――。

ほどなくして、乾いた音が二度扉を叩いた。

「時間だ」

「────…っ」

先ほど遥をこの部屋に導いたのとは違う燕尾服の男が、扉の隙間から滑り込んでくるなり壁に固定されていた鎖を解く。

「いくぞ」

「あっ、えっとあの、トイレとかいきたいなーなんて！」

「それならステージ上で漏らしたらどうだ？ 客受けもいいし、その分高値がつくぞ？」

「い、いいです、我慢できます…。したらその、喉が渇いたなーなんて…」

「飲むか？」

（わあ、この人ペットボトル携帯してたー…）

差し出されたミネラルウォーターを仕方なく一口含むと、遥は苦い思いでそれを飲み込んだ。

どうやら悪足掻きは通用しそうにない。おなかが痛いとか眩暈《めまい》がするとか、部屋を出てからもいろいろとジャブをくり出してみたのだが、燕尾服の男はさして気にする様子もなく、最終的には「そうか、頑張れよ」というフレーズだけを笑顔でくり返すようになった。

（はいコレ、かなりのピーンチだよね…？）

エンドレスリピートのドナドナが、脳内で次第にボリュームを上げていく。

鎖を引かれながら誘導された先で、ふいに男が壁に埋め込まれた青い石に指輪を翳《かざ》した。すると足元の床に突如として魔方陣が現れる。その紋様が淡く発光したと思った瞬間、ヴン…と空間が歪むような音がした。いくぞ、と促されて辺りを見回すと、そこはすでに舞台裏だった。

「う、わ…」

周囲の空気が一気に熱を帯びた気がして、遥は下腹部に緊張をわだかまらせた。これまでは響きの余韻だけだった歓声やオークショニアの声が、いまははっきりと聞き取れる。燕尾服の男は舞台袖に遥を繋ぐと、ここで待機するよう命じてから姿を消した。

(この、すぐ向こうでオークションが…)

何重ものビロードに仕切られて舞台上の様子は窺えないが、たくさんの気配と歓声とが感じられる。その中に混じって聞こえてくるのは、誰かの嬌声《きょうせい》——どうやらいま出品中の淫具《いんぐ》がステージ上で実演されているらしい。アナウンスの詳細説明に合わせて、生贄《いけにえ》の声が苦悶《くもん》に変わったり甘く蕩けたりするのを聞きながら、遥は寒くもないのに肌が粟立つのを感じた。

媚薬特有の甘い匂いと、ねっとりと絡みつくような淫靡《いんび》な空気。それらが入り混じって辺りに充満しているような気がする。どんな淫具の餌食《えじき》にされているのかはよくわからないが、立て続けに逐情を強いられる嬌声に引っきりなしに被さる濡れた摩擦音や飛沫音。自分の見知った世界とは何もかも違う世界が、この向こう側には広がっているのだ。

(怖く、なんか…)

ないと言えば嘘になる。急にうまく息が吸えなくなった気がして胸に手をあてると、遥は何度も深呼吸をくり返した。フリルの向こう側で心臓が早鐘のように鳴っている。

「——怖いか」

背後からの声に振り向くと、正装姿の榊がビロードの襞を掻き分けて入ってくるところだった。皮肉げな笑みをきつく見返しながら、萎えかけていた闘志の炎がメラメラと再燃していくのを感じる。

「迎えはどうしたよ？　逃げるんじゃなかったのか」

「……ちょっと遅れてるだけです」

遥は潤みそうな目元に力を込めながら榊を見据えた。

「ハハ、そうか。遅れてるのか。——じゃあ、もう手遅れだな」

「え？」

「タイムオーバーだ」

榊がパチンと指を鳴らす。途端に足元がグラリと揺れた。舞台の回転に合わせて。目映い光が差し込んでくる。咄嗟に目元を庇いながら、遥は両腕の隙間から必死に辺りに目を凝らした。

（え——…）

すぐにステージ真ん中まで運ばれた遥に、一気に客席の視線が集まる。

「ロットナンバー七十八——『ライカンの完全体』。本日、最後の商品になります」

抑揚のないアナウンスが、場内のスピーカーを震わせる。

（え……わ…っ）

数度の瞬《まばた》きでようやく見えてきた光景に、遥は思わず息を呑んでいた。

バレエやオペラの上演が似合いそうなクラシックなスタイルの円形劇場を、ほぼ満員の客が埋めている。その誰もが華やかな装いに身を包み、顔には蝶を思わせる羽根飾りのついた上半面のマスクを被せているのだ。有閑セレブの間ではこの催しも娯楽と化しているのか、壁面に並んだ個室の客たちは一様にデコラティヴなデザインのオペラグラスを手にしていた。そのグラス越しの視線も数多《あまた》浴びながら、遥はヒクリと頬を引き攣らせた。

まるで映画の一場面に迷い込んでしまったかのように、現実味のない光景に遥はひたすら瞠目《どうもく》するしかなかった。客席の真ん中で煌《きら》びやかに輝いているシャンデリアの眩しさが、チカチカと視界の周囲に星を飛ばす。その間も場内では、遥のプロフィールが淡々と読み上げられていた。

傍らにいた榊に手を引かれて、ステージの中央にあった丸い壇上へと上がらされる。その場で回るよう指示されておずおずと一回転すると、客席から小さなどよめきが起きた。

「本物ですかね、あれは…」

尻尾の真贋《しんがん》を問う囁きが、ヒソヒソとそこかしこから漏れ聞こえてくる。それを無表情に聞き流しながら、榊がおもむろに脚払いをかけてきた。

「あ…っ」

前のめりに倒れた体を、引っ張った尻尾で引き止められる。気づいたら遥はステージの上で四つん這いにさせられていた。尻尾をつかまれているせいで、腰だけを高く掲げた姿勢になってしまう。

「ほら、こっち向けよ」

さらに尻尾を引っ張られて、遥は客席側に尻を向けるはめになった。エプロンなど何の意味もない。脚を開いているせいで、剝き出しの陰部すべてを客席に晒すような格好になってしまう。

(こ、こんなの…っ)

極度の羞恥に襲われて、遥は咄嗟に目を瞑った。

すると痛いくらいに過敏だった聴覚が、何の前触れもなく消音《ミュート》になった。客席に向けての榊の口上も、賓客たちのかしましいざわめきも、何もかもがプツリ…と一気に途絶える。

『——遥』

急に訪れた静寂の中で、皇一の声を聞いた気がして目を開く。

（先輩……？）

ひととおりの紹介が済んだのか、遥は榊に助け起こされて客席に向き直った。慌てて薄暗い客席に目を凝らすも、慣れた気配はどこからも感じ取れない。

（先輩、いるの……？）

客席からこちらを見つめている、何百もの視線——。好奇と欲望の入り混じったそれを一身に浴びながら、遥は懸命に感覚を研ぎ澄ました。アンテナのように耳を立てる。

皇一がどこかにいるのなら、ぜったいにわかるはず…。

ステージでは遥の競りがはじまったのだろう。あちこちで上がった手札や掌が、落札の意を示してゆらゆらと揺れる。その光景をどこか他人事《ひとごと》のように眺めながら、遥は必死に首を巡らせた。

音のない世界においては、煌々《こうこう》とした照明の目映さもなんだか夢の中のことのように感じる。

（いままでの全部、夢オチでした——みたいなことにならないかなぁ…）

肌を焼く照明の熱さだけを妙に実感しながら、遥は小さく息をついた。だがどれだけ見回しても、皇一と思《おぼ》しき人影は見つからない。焦燥とあいまって、肌がチリチリと痛む気がした。

価格が上がるにつれ、だんだんと手札の数は減っていく。

『ハルカ』

また皇一の声が聞こえた気がして、遥は弾かれたように顔を上げた。

三階席の一番手前からこちらを強く見つめる眼差しがある。

（――あ）

フォーマルスーツを難なく着こなしながら、優雅に手を挙げるその仕草。黒蝶のようなマスクの向こうから注がれるひんやりとした、けれど情熱的な視線。

「先輩…」

思わず呟いたところで、突如として聴覚が元に戻った。

オークショニアの声が鼓膜に響く。法外な値にまで吊り上がった遥を競り合っているのは二人、皇一と、最前席にいる白髪交じりの男との一騎討ちだった。初老の男もいっこうに退く気はないのか、挙げた手札は高く掲げられたままだ。しばらくはオークショニアの、プライス表示の声だけが響く。

（皇一先輩…）

暗緑色の眼差しを受けながら、遥はエプロンの裾をきつく握り締めた。なかなか決着のつかない勝負に、にわかに場内の空気が沸き立ちはじめる。その中でもオークショニアの声だけが、群集の熱気に気圧されることなく朗々と続いていた。

「――アレが迎えか」

「え？」

唐突にかけられた榊の声に、意識をステージ上まで引き戻す。

「三階席のアレがおまえの恋人なんだろう？　やれやれ、どうやって顧客リストに紛れ込んだんだかな。漏洩元《ろうえい》を探ろうにも、あの枠じゃ的《まと》を絞り込むのもひと苦労だぜ…」

小声でそうぼやきながら、榊がニヒルな笑みを浮かべてみせる。皇一の冷めた面立ちに視線を戻すと、遥は自慢げに胸を反らした。

「言ったろ？　先輩は、嘘つかないもんね」

「ハイハイ、惚気《のろけ》てろよ」

そこでようやく、オークショニアの槌《つち》が鳴る。見れば、皇一の手は挙げられたままだ。

ワッ、と沸いた歓声が場内を埋める。

「これでめでたく大団円、ってか」

榊に背中を叩かれて、遥はようやく全身に込めていた力を抜いた。

（お、終わった……？）

これで皇一の元に帰れる――。そう思ったら気が緩んだのか、一気に涙腺が決壊してしまった。

「う、……っく、ぅ…っ」

閉幕したステージ上でしゃくり上げる遥の背に手を添えながら、榊が袖への退場を促す。大人しくそれに従いながら、遥は次々と溢れる涙で首筋までを濡らした。拭っても拭ってもきりのない涙が、必死に見開いている視界を滲ませる。

泣きやまない遥を従えながら、袖の端までくると榊は燕尾服の男に遥を引き渡した。

支払いなどの事務手続きが済み次第、落札者である皇一の元へ案内されると聞いて、遥は嗚咽《おえつ》に震えながら何度も頷いた。泣きやむ気配のない遥の耳を、榊の掌がポンポンと叩く。

「迎えがきてよかったな、坊や」

「あ、ありがとござ…っ」

ここで榊に礼を言う必要はまったくないのだが、けっきょくは涙で詰まって最後まで言えない遥の泣きじゃくりようを、榊が目を細めながら眺める。

「でも――これでハッピーエンドじゃ、つまんねぇよな」

(へ?)

遥の獣耳を片方だけ引っ張ると、榊は「言ったろ?」と低く呟いた。

「俺には奥の手があるって」

わざわざ広げた耳に時限爆弾のような言葉を残して、榊が「じゃ、またあとで」と踵を返す。

「え……って、え…?」

その爆弾があまりにも不穏すぎて、遥はハタハタ…と両耳を振った。――榊の残した言葉の「意味」を知ったのは、それから三十分のちのことだった。

緞帳《どんちょう》の下りた舞台の片隅で、ようやく鎖と首輪とを外される。

「先輩…っ」

事務員の立ち会いの下、正式に遥の所有者となった皇一に遥は全力で駆け寄って抱きついた。それを受け止めた腕にきつく抱き竦められながら、懐かしい腕のうちで大きく息を吸う。

(ああ、先輩の匂いがする…)

安堵を呼び起こすそれを力いっぱい吸い込んでから、皇一の胸にグリグリと耳を押しつけた。自分では止められない衝動が、はちきれんばかりに尻尾を左右に揺らしてしまう。

「先輩、会いたかった……すごく…っ」

ワサワサと尻尾を振りながら両手で皇一のジャケットに縋る。それを優しく宥めるように、皇一の手が伏せっ放しの耳を柔らかく撫でてくれた。

(もう二度と会えないのかと思った…!)

その感触を全意識で享受しながら、うっとりと恍惚の溜め息をつく。

だが、甘い時間はそう長くは続いてくれなかった。

「――ご落札、おめでとうございます」

背後からかけられた覚えのある声に、遥はビクリと肩を揺らした。

「ありがとうございます」

感情を押し殺した皇一の声音に、榊の不穏当な忍び笑いが重なる。遥を抱く皇一の腕に、ぐっと新たな力が込められた。いっそ息苦しいほどの抱擁《ほうよう》で庇われながら、続く榊の言葉を聞く。

「ですがお客様、たいへん申し上げにくいのですが、そちらの商品はまだお引き渡しすることができないんですよ。こちらで手違いがありましてね」

「手違い？」

「ええ、実はまだ試用が済んでいないんですよ。お客様に充分楽しんでいただけるか、大枚を叩《はた》いていただくだけの価値がはたしてあるのか——そういう基本的なテストでしてね」

オークションの規約上、その点をクリアしていない商品は引き渡せないのだと榊が告げる。

（そんなの…）

どう言い繕ったところで、要は作業員が言っていた「お試し」のことだろう。規約云々《うんぬん》というのも、きっと榊の出任せにすぎない。「奥の手」とはこのことを指していたのだろうか？　先ほど置き去りにされた時限爆弾がジリジリと導火線を燃やしていた。

「もとはそちらの不手際なのでしょう？　私には関係のないことです」

にべもなく突っ撥《ば》ねる皇一に、榊はあくまでも穏やかな口調を崩さず、滔々と続ける。

「ええ、その点に関しては申し開きできません。たいへん申し訳なく思っております。ですが、これは厳然たる規則ですのでどうかご遵守《じゅんしゅ》願います。お客様に不確かな商品をお渡しするなど、けしてあってはならないことですから。この場で一度、商品をお預かりして——そうですね、数時間後にはお引き渡し可能かと思いますよ」

「お断りする」

「それでは、返金手続きについてご説明させていただきます。別室に移動願えますか」

榊のチェックメイトに、皇一は重い嘆息を零すと腕を解いた。皇一の二の腕に手を添えたまま、恐る恐る後ろを振り返る。榊のニヤついた笑顔と目が合って、遥は慌てて皇一に向き直った。

(せ、先輩…?)

まさかとは思うが、このまま引き渡されたらどうしよう…。

榊のことだ、試用に問題があったなどと言って落札自体を取り消そうとしてくるのではないか? そんな恐ろしい可能性を危惧していると、皇一はごく自然な仕草で遥の獣耳に掌を添えてきた。蜜色の被毛に指を絡め、そっと唇を押しあててから今度は小さく溜め息をつく。

「それではこうしましょう。私がいまこの場で彼を試す——。それで問題がなければ、このまま引き渡してもらいますよ。それなら異論ありませんよね」

「あなたがこの場で、ですか?」

「ええ。ここにいる方々には、証人になってもらいましょう」

「——へ?」

(な、何でそんな話に…っ?)

遥の関与できない次元でまとまった話が、気づいたら火の粉になって思いきり降り注いでいた。

「ここでって……せ、先輩?」

驚いて身じろいだ遥の体を、皇一は素早い動きでまた腕の中に閉じ込める。動揺で硬直しかけた体を後ろから羽交い絞めにしながら、皇一は穏やかなバリトンを耳元に吹き込んできた。

「これは心配をかけた罰だよ。たくさんの人に見られながら乱れるといい」

「えっ、ていうかそんな…っ」

舞台袖にはまだ大勢の関係者が残っている。その誰もがこの騒動の顚末《てんまつ》を興味深げに見守っていた。

榊もまた、薄笑いを浮かべながらこちらを眺めている。

「先輩、そんな嘘だよね……だってまさか、こんな…」

遥の弱々しい呟きを絶ち切るように、皇一の手がすすす…っと内腿の筋を背後から撫でてきた。

「あ…っ」

前からはエプロンで見えないだろう皇一の愛撫を、野次馬《やじうま》の何人かがわざわざ回り込んでまで覗きにやってくる。その視線を意識した途端、遥は何ともいえない衝動に背筋を震わせた。

「ア、あ…」

「見られてするのも、たまには悪くないんじゃない？」

内なる昂奮を見透かしたかのような囁きが、吐息交じりに吹き込まれる。

（あ……どうしよう…）

図らずもこの三日間、禁欲を強いられていた体だ。快楽に関しては普段から辛抱の利かない体だというのに、お預けを食らった分、熱く滾《たぎ》るような欲情が胸に火を点けた。

「ん……ンっ」

乾いた指に何度も内腿をさすられて、ただそれだけの刺激だというのにじわじわとエプロンが持ち上がりつつあった。下肢の狭間で息衝きはじめたソコが、皇一の愛撫に合わせ、ピクピク…と小刻みに首を振る。ギャラリーが沸くのを感じながら、遥は自身を支えてくれる皇一の腕に必死に縋った。

「どうしたの？　まだ前には触ってもないのに、もう物欲しげにしてるよ」

「や…ッ」

持ち上がったエプロンの頂《いただき》をツンと突かれて、遥は甘声を上げながら首を振った。布越しの屹立をそのまま形に沿って撫でられる。思わず俯くと、今度は無防備な首筋に軽く歯を立てられた。

「んっ、あ…っ」

「ほら、逃げちゃだめでしょう?」

立て続けの刺激で前傾した上体を引き戻すように、今度は胸の頂をエプロン越しに摘まれた。それを捻られながらまた首筋に吸いつかれて、思わずクゥン…と鼻を鳴らしてしまう。

「あ、だめ…ッ」

快感で垂れ下がった尻尾を捕らわれて、遥はビクビクと腰を戦慄かせた。チクチクとした被毛の毛先を使って、過敏な後孔やそこから前へと繋がっている筋を撫でられる。

「あんっ、ア、ぁ…っ」

「気持ちいい?　絵筆で遊んだ時と、どっちがイイ?」

脚の間に尾を潜らせて、余裕で屹立まで届く毛先を使って膨らんだ先端の切れ込みを刺激される。同時に尻尾まで揉み込まれると、いまにも腰の抜けそうな快感が背筋を突き抜けた。

(すごく、すごく気持ちいい…っ)

屹立と尻尾、まるでペニスが二本あるかのような幻想に囚われる。

気持ちイイ。でも、気持ちイイんだけど……。

「せ、先輩…?」

愛撫としてはまだまだ序の口の指戯ばかりが、さっきから延々くり返されている気がしてならない。

昂奮ですっかり勃ち上がったソコも、濡れるまでにはまだ至っていない。それでもなぜかたとえようのない充実感が胸を占めていて、何とも不思議な気持ちになる。

(もしかして見られてる……からなのかな…)

これまでの情事からすれば、いまの視姦《しかん》ショーなど些細な刺激の連続にすぎない。にもかかわらずいつもの何倍も感じてる気がして、遥は羞恥で閉じていた目をわずかに開いた。

(あ、すごい見られてる…)

衆人環視だというのに声を出して乱れる遥に、何十本もの視線が執拗に絡みついている。それを感じれば感じるほどに、遥は頭の芯が溶けていくような酩酊《めいてい》気分を味わった。

そうして、皇一の腕の中で甘い夢を見ている最中──。

「え?」

ふいに間近で轟音《ごうおん》が鳴り響いた。

続いて何かが落下したような地響きが、この辺り一帯を襲う。

「何、いまの……」

突然のことにポカンと口を開けた遥と同様、その場にいたほとんどの者が惚《ほう》けた顔つきになる。その一瞬後にまた轟音が鳴って、今度は一斉に人員がばらけた。

「おい、シャンデリアが崩れてるぞ!」

作業員の報告で緞帳の向こうを覗いた数人が、口々に何かを叫びながら引き返してくる。

「ば、化け物がいる…!」

「だめだ、こっちからは逃げられないぞ…ッ」

（えーっと……？）

遥たちなどそっちのけで、逃げ惑う関係者たちが右に左にと走り去っていく。ほんの十秒前までは淫蕩な空気に支配されていた空間が、いまではまるでパニックムービーの様相を呈していた。

（何があってこんなことに……？）

まさかの急展開についていけず、遥は皇一の腕にもたれたまま首を傾げた。これまでの昂奮など、すでに見る影もなく鎮静している。と、緩く首を振りながら皇一が溜め息交じりに呟いた。

「やっと、はじまったね」

「え？」

「あれは真芹の仕業なんだよ。ちょっと規模が大きすぎるけど、いちおう作戦どおりの展開だよ。真芹の召喚した『雷神』か『火竜』が、そこらへんで暴れてるんじゃないかな」

皇一曰《いわ》く――賓客としてオークションに潜入した皇一が遥を競り落とす一方、真芹と八重樫はそれぞれ独自の動きをしていたのだという。

「会場の破壊工作は真芹のたっての希望でね。最近、ストレスも溜まってたみたいだし」

「へー…」

（ストレス解消でこれかぁ…）

緞帳の向こうからは時折、化け物じみた雄叫びが聞こえてきたりしている。何かが燃え爆《は》ぜる音といい、焦げた臭気といい、真芹が喚《よ》んだのはきっと「火竜」の方なのだろうと踏む。

「八重樫くんにはここに潜入するための手配と、脱出のためのアシを頼んであるんだ。この隙に僕らも退散しようか」

「え、あ、ウン…っ」

気づけば辺りはすでに無人になっていた。皇一に手を引かれて舞台袖をあとにする。だがその逃走を読んでいたように通路に出た途端、進路を塞いでいた人影に遥は息を呑んだ。

「榊さん…」

「やれやれ、まさかこういうシナリオも用意してたとは思わなかったよ」

そう笑って肩を竦めつつも、榊の持つ余裕さはまるで損なわれていない。榊にとってもこれは不測の事態だったろうに、そんなダメージはまるで感じられなかった。

「高校生風情に、この俺がしてやられるとはな」

通路の壁に片足をかけて進路を阻みながら、懐から取り出した煙草に火をつける。壮年の渋さを漂わせながら、榊はゆったりと紫煙を吐き出した。

「で？　ここをこんなにしといて、無事に逃げられると思ってるのか？」

皮肉げに持ち上げた唇の端に煙草を挿し込みながら、榊がクックッと喉の奥で笑う。

「そこを、どいてもらえますか」

「――なあ。世の中には聞ける頼みと、聞けない頼みがあるんだよ」

知ってるか？　と楽しげに問い返す声を聞きながら、遥はきゅっと下唇を噛んだ。

能力封じの首輪はすでに外されているけれど、遥と皇一の能力ではこの状況を打破する糸口にはなってくれない。後方ではゴー…ッと、勢いよく何かの燃える音がしはじめていた。恐らくは客席の炎が緞帳に燃え移ったのだろう。榊が緩く紫煙を吐き出しながら、煙草の火先で皇一を指し示す。

「ま、坊やをここに置いてってくれんなら、おまえは通してやらないでもない」

「お断りします」

「なら、おまえだけここに残れよ。俺は坊やをもらって失礼するよ」

「させると思いますか、そんなこと」

あくまでも淡々とした口調で応じる皇一に、榊はやがて鼻白んだように苦い顔で煙を吹いた。

「…ったく、面白みのねー野郎だな。こんな無表情男のどこがいいんだ、遥？」

（つーか、呼び捨てェ？）

唐突に話を振られて「えっ、え？」と動揺する遥を背に庇いながら、皇一がギリ…っと歯を鳴らす。顔を見ずとも、それだけで皇一が怒りに燃えているのが遥にはよくわかった。皇一の感情は表情よりも、動作の方により出やすいのだ。

「こんな男より、俺の方がよっぽどおまえを気持ちよくしてやれるぞ？　おまえだって俺にタマを揉まれて善《よ》がってたじゃねーか。あの時の鳴き声は可愛かったな」

「ヨ、ヨガってなんか…っ」

「——それは聞き捨てならない話ですね」

「だろ？　悪いがさっきの話は全部嘘でね、とっくに試用済みなんだよ。あんなハメ心地のいい穴は久しぶりでね。体の相性も悪くない。遥も一時間で五回イッたのは初めてだって言ってたよな？」

「そんな嘘は通じませんよ。遥の最高記録は三十分で六回ですからね」

「いや、ちょ…っ」

とんでもない言い合いに目を白黒させる間にも、火の手は次第に迫りつつある。現実の炎に比例するかのように、目の前で散る火花もにわかにヒートアップしつつあった。

「六回？　それはドライを入れての回数か？」

「いいえ。ドライやマルチプルを含めるのなら、三十分で軽く二桁はイキますよ」

「二桁、ね。まさかそれ、自慢だとか思ってねーよな？」

「それはどういう意味ですか」

「数だけイカせりゃいいなんて、そんなのセックスでも何でもねえよ。つーか、それで恋人とは笑わせてくれるじゃねーか」

皇一の歯がギリリ…ッと鳴るのがまた聞こえてくる。

目の前で閃光が弾けるような光景に、遥は「あー、もう…っ」と小さく呟いた。榊はともかく皇一の方は静かに激昂している雰囲気が伝わってくるので、このままではどんな事態に発展するかわかったものではない。こんなところで小競り合いをしている場合ではないというのに——…。

「とりあえず、ストーップ！」

狭間で散る火花を掻き消すように二人の間に割って入ると、遥は頭上で大きく両腕を振った。

「あのさ、話し合いなら上でやってくんない？　このままここいたら確実に全滅っしょ？　三人で心中とかちょっとナイよね。笑えないし、笑いたくもないしさ」

突然の割り込みに虚をつかれたように黙り込んだ二人を、交互に見ながら先を続ける。

「だいたいようやく先輩に会えたのに、ここでジ・エンドとかありえないから。俺が榊さんになびくとかもぜったいないしね。それに俺、守らなきゃいけない約束だってあるし…」

通路を流れる空気に、少しずつ灰色の煙が混じりはじめる。よくよく見れば通路の先にも、うっすらとした煙がたなびいているのが見えた。

（ちょっ、前方も火事なんて聞いてません…ッ）

ととと、とにかく早く帰りたいのっ、と早口で締め括ると遥は自棄クソ交じりに可愛く首を傾げてみせた。そこで堪えきれなかったように榊がブハッと派手に吹き出す。

「おまえいま、ドサクサに紛れて俺をフりやがったな？」

「だって俺、先輩一筋だもん」

「今度は惚気かよ？　サイアクだな、おーい」

堪えたふうもなく言葉だけでそう嘆くと、榊は「やれやれ」と独りごちた。

榊がどこまで本気であんなことを言っていたのかはわからないが、たとえいつ、何度迫られたとしても遥に返せる答えはひとつしかない。

あーあ…と顎を浮かせながら壁に後頭部を押しつけると、榊は緩く紫煙を吐き出した。

「フられちまっちゃあ、出る幕ねーわな。——最後に餞別《せんべつ》くれてやるよ」

壁から靴底を引き剝がした榊が、おもむろに一歩前に出る。同時に、ピン——ッと放られた何かが、弧《こ》を描いて遥の手中に落ちてきた。

「へ？」

それを気をとられた一瞬――。

気配なく近寄られたあげく、遥は抵抗する間もなく唇を奪われていた。

「ん、んンン…っ」

「はい、ごっそさん。いまので今回の件は忘れてやるよ」

「～～～…ッ」

ほんの数秒にもかかわらず、しっかり舌まで入れられてしまった迂闊さに遥は思わず涙ぐんだ。

「×××…っ」

同時に、恋人の唇を盗まれるという己の不覚を悔いてか、皇一がめずらしく口汚い単語を口走る。

そんな様子を楽しげに眺めてから、榊は「じゃあな」と歯を見せて笑った。

（あ……）

榊からその台詞を聞かされるのは、これで三度目だった。でも今回はそのあとに「また」と続くことはないのだとそう気づいた途端、なぜか少しだけ寂しいような気がした。

「あっ、榊さん、コレ…」

掌に収まっていた銀の指輪を見せると、「言ったろ、餞別だって」と榊が片頰で笑う。

「真っ直ぐいくと突きあたりの壁に赤い石が嵌まってっから、そこに翳せよ。どうせ一番火の気のないサウスゲートに向かうんだろ？　その近くまで『瞬間移動《テレポート》』できる」

「あ、ありが…」

「礼は要《い》らねえ。俺の気が変わらないうちにさっさといけよ」

顎先で進路を示すと、榊は話は終わったとばかり遥たちの傍らを通りすぎた。その進路が自分たちとは逆方向だったことに、思わず声を張り上げてしまう。

「つーか榊さん、そっち炎ゴウゴウだけどっ、まさか死ぬ気じゃないよね…ッ!?」

「なわけねーだろ！　俺専用の脱出口があんだよ」

「まじでーっ？」

「大まじだ。おまえらにゃ使わせねーから、早いトコいっちまえっ」

振り返らず右手だけを掲げて、榊は炎に呑まれかけている舞台袖に消えていった。

（榊さん…）

女の子相手なら数えきれないほど――男相手なら他ならぬ皇一と、あとは事故みたいな感じで数人としたけれど、それだけの経験があるからわかったのか。それとも榊の思いが籠っていたからか。

本気のキスをもらった唇に、遥はそっと指先をあてがった。

（もう二度と、会うこともないだろうけど）

舌先に残った煙草の苦味に軽く歯を立てながら、どこか憎めない人だったなと思う。

「――いこう、遥」

剝き出しの肩に、皇一が自分のジャケットを脱いで被せてくれる。

「サウスゲートであの二人が待ってる」

「うん…！」

走り出した皇一の背中を追って、遥も裸足《はだし》のまますぐに通路を駆け出した。途中、テレポートで道のりをショートカットしながら先へと進む。だが思ったよりも火の回りが速かったのか、やがてジャケットの袖口程度ではとても防ぎきれないほど真っ白く染まった通路にいきあたった。

皇一の話では、ここを越えたエントランスから外に出られる手はずになっているのだという。床上二十センチほどだけに残っていた視界を頼りに、四つん這いで出口を目指す。だがしばらく進んだところで、唐突に何かが崩れるような音がすぐそばから聞こえてきた。

「う、わ…っ」

同時に横合いから突き飛ばされて、わけもわからないまま床を転がるはめになる。直後にガシャーン！　という耳の痛い音が響いて、どこからか低いうめき声が聞こえてきた。

「先輩…ッ」

いまの一件で攪拌《かくはん》された煙が視界を奪う。遥は聴力だけを頼りに、咳《せ》き込みながら床に蹲《うずくま》る皇一を捜し出した。だが駆け寄って、手を貸そうとしたところでその事実に気づく。

「嘘でしょ……、先輩…っ？」

倒れていたのは、一対の巨大な飾り棚だった。隅々にまで装飾の施された重厚な造りが、皇一の上に折り重なって倒れている。棚に収納されていたらしい本や小物が辺り一面に散らばっていた。

「な、何これ、どうしよう…」

「遥…？」

下半身のほとんどを棚の下敷きにしながら、皇一が伸ばした手で遥の頬を包む。

「僕のことはいいから。先にいって」

「えっ、やだよそんなの…ッ、だってこれじゃ先輩は…っ」

どこからか吹いてきた風が、部屋に立ち込めていた煙を少しずつ押し流していく。じわじわと明らかになる現状に、遥は一気に顔色をなくした。

(こんなの……っ)

とても遥一人でどうにかできるような状況ではなかった。二つ合わせてかなりの重量が皇一の下半身を押し潰すように食い込んでいる。

「や、何で、こんな…っ」

「君は無事？　怪我はない…？」

「ぜんぜんないよ、まったくの無傷だよ…ッ」

(先輩が庇ってくれたから——…っ)

突然の出来事に冷静さを失ったまま、遥は皇一の傍らでただうろたえることしかできなかった。

大の男が数人がかりでようやく動かせるといった、ひどく重そうな飾り棚だ。外で待機している八重樫たちに応援を頼んだところで、救出は難しいかもしれないという気がしてくる。

いま吹いているこの気紛れな風がやんだら、室内はたちまち煙でいっぱいになってしまうだろう。そうこうしているうちに炎が回ってくる可能性だってある。

「ど、どうしよう…先輩…」

「遥、いい子だから先にいって。僕は平気だから、君だけでも早く外へ…」

「ダメだよ、そんなの！　先輩を置いてなんてとてもいけない…ッ」

（せっかくここまできたのにっ）

「先輩と二人じゃなきゃ俺、ヤだよ……？」

「遥…」

溢れた涙がみるみる頬を滑り落ちる。それを拭うように動いた手をきつく握り締めたところで。

「――ハイ、盛り上がってるとこ失礼しますよー」

急に場違いな声がそこに割り込んできた。

「へ？」

見れば酸素マスクをした情報屋が、よいしょっと棚を飛び越えてくるところだった。

「八重樫？」

「あのな、ここからあと数メートルで出口だから。おまえ邪魔だから先出てろよ」

「へ？　でも、先輩の脚が…っ」

「わーかってるって。つーかおまえ、俺の能力忘れてない？」

「え……？」

煙を流していた風が急に強まって、視界があっという間にクリアになる。

「どいてなさいよ、ヘチャムクレさん。怪我するわよ」

（この声は――）

慌てて声のした方を振り向くと、開け放された扉口にしゃがみ込みながら「久しぶりね」と笑っている真芹の姿が見えた。まるでアンティークドールのような豪奢《ごうしゃ》なドレス姿を見る限り、真芹も賓客の一人としてここに紛れ込んでいたのかもしれないと思う。対する八重樫はといえば、椎名兄妹とはまるで対極の格好に身を包んでいた。

「仁、換気はＯＫよ」

どうやらこちらに向けられた真芹の掌から、風圧が発生していたらしい。さっきより少しだけ弱まった風が、パタパタと遥の獣耳とエプロンの裾とをはためかせた。

「サンキュ。そんじゃ、久しぶりに発動すっかな」

マスクを脱ぎ捨てた八重樫が、パキポキと指の骨を鳴らす。いつもはスマートな服装を好む八重樫がどうしてガテン系の作業用繋ぎを着ていたのか、それを悟って遥は慌てて外に退避した。

「君にまた助けられるってのは不本意だな…」

「俺はまた恩が売れてラッキーですけどね。ま、能力を使うの自体は不本意なんですよ？」

サファイア色の瞳が淡い光を帯びる。倒れた飾り棚に屈んで両手を引っかけると、八重樫はそれを部屋の隅っこへと放り投げた。ドゴン…！　という鈍い音とともに、飾り棚の破壊がさらに進む。

「ほーらよっと」

対の棚もおもちゃのように持ち上げると、八重樫はそれをまたヒョイと壁に投げつけた。耳の出た遥には、ドガシャーン！　という大音声の連続は地味に堪える。

「……耳、イテぇんすけど…」

「あー、わりわり。――先輩、起き上がれます？」

自分よりもガタイのいい皇一に手を貸しながら、八重樫はまるでぬいぐるみでも抱き起こすかのような気軽さで、一九〇に近い長身をその場に立ち上がらせた。

「ありがとう。恩に着るよ」

「いえいえ、こっち方面でもお役に立てそうならいつでも呼んでください。普段は出し渋りますが、先輩の頼みならいつでも腕を揮《ふる》います」

「——覚えておく」

八重樫の肩につかまりながら、皇一が無表情に衣服についた破片を払う。八重樫の繋ぎの両腕部分がビリビリに破れているのを見ながら、遥は思わず「ハンパねー…」と感想を漏らしていた。

（いつ見ても、反則じみてるっつーか）

ライカンには体力勝負な能力が多いが、八重樫の「怪力《ストロング》」はその最たるものだろう。だが本人はあまり気に入っていないらしく、授業や金が絡まない限り、滅多に発動させることはない。

八重樫曰く、この能力はインテリのイメージに著しく反するので極力使いたくないのだという。

「アハハ、その格好で取り澄ました顔しないでよ！」

ひと仕事終えたメガネを容赦なく指差しながら、真芹が地面を叩いて笑い声を上げる。

「……だーから不本意なんだけどね」

発動の一瞬だけ爆発的に隆起する筋肉——そのせいですっかりノースリーブになってしまった繋ぎ姿は、あたかも八重樫がマッスル系のコスプレをしているかのようで確かに笑える場面ではあった。

だがそれを言ったら、「おまえにだけは言われたくないよ」と力説されてしまったけれど。

（ご説、ごもっとも……）

コスプレ度ならこちらの方が格段に上だ。ふさふさの獣耳と尻尾に加えて、裸エプロンというオプションまでついていたことをいまさらに思い出して、遥は深く溜め息をついた。

「んーま、けっこう似合ってるとは思うけどね。つーか皇一先輩の手前、褒めにくい」

「うん……僕も可愛いとは思うけど、衆目には晒したくなかったね」

八重樫に肩を借りながら出てきた皇一が、伏し目がちにそんな言葉を漏らす。

「ていうか先輩、脚は…っ？」

八重樫が支えているのとは逆側の肩に駆け寄ると、遥は背伸びして皇一の腕を首に回した。

「ん……左脚は確実に折れてるみたいだけど、右は無事だと思う」

「ああ、治癒能力者《ヒーラー》の知人が近場にいるんで回って帰りますよ。少しだけ辛抱してくださいね」

エントランスのスロープを下りながら、八重樫がピュイ――…ッと指笛を吹く。それが合図だったのか、黒塗りのリムジンがどこからかやってきて、遥たちの傍らに横づけされた。

（つーか、逃走の足がリムジンって…）

そう思ったのが顔に出ていたのか、八重樫に「文句あんなら乗るなよ」と釘を刺される。

「コレしかなかったの、咄嗟に押さえられたうちの車が」

「へえ…」

（そういやこいつ、かなりのお坊ちゃまなんだよな）

そんなことを思い出しつつ乗り込んだところで、いかにもな制服に身を包んだ運転手がタイムリーに「坊ちゃま」と後部座席に呼びかける。

「どちらに向かわれますか」

「至急、神宮前《じんぐうまえ》の羽田《はねだ》邸へ。連絡入れっと逃げられそうだから、このまいって叩き起こす」

「かしこまりました」

全員が乗り込むなり即座に発進すると、リムジンはスムーズに危険区域を脱した。

車窓を見る限り、どうやら壊滅的な被害を受けたのはオークション会場の付近だけで、遥たちが出てきた区域はかなり原形を留めていたらしい。会場方面でまた立て続けに破裂音がして、夜空に派手な火柱が上がった。

「いっけない、喚び戻すの忘れてたわ」

遥の向かいに座っていた真芹が、わざとらしく両手を打ち合わせてから何やら印を結びはじめる。やがて卵を包むように丸くした手の中から、ポンと小さな赤い生物を出現させた。

「これが火竜の極小サイズ」

ピキャー、と小さな火を吐いた竜をまた掌に閉じ込めると、そのまま呪文を唱える。するとまるでマジックのように、数秒後には先ほどの生物が跡形もなく消え失せていた。

「ずいぶん手懐けたもんだな」

「おかげさまでね」

真芹の隣でそれを見ていた八重樫が感心したように目を細める。やけに親密で気安い空気だなと思っていたら、二人は幼稚舎からの幼馴染みなのだという。繋ぎを見ては何度も真芹が吹き出すので、遥としてはいつ八重樫が拗ねるかと思っていたのだが。

「ま、いつものことですから」

メガネは至って平静にその反応を受け止めていた。幼馴染みとはこういうものなのだろうか。つい先ほどまでいた闇の世界とはまるで異なる平和な光景に、遥はようやく肩の力が抜けた気がした。

「——遥…」

隣に座っていた皇一が、ふいに繋いでいた手にぎゅっと力を込めてくる。

「何？　あ、脚、痛くなってきた？」

「ううん、それは平気。君こそどこか痛かったらすぐに言うんだよ」

「ん。でも俺、ホント無傷だからさ」

八重樫の見立てなのでどこまで信じていいのかは懐疑的だが、皇一の怪我は思ったよりひどいものではないらしい。リムジンはいま、知り合いだというその治癒能力者の家に向かって、真夜中の首都高速を飛ばしているところだった。

「そうじゃなくて——君がここにいるのは彼らのおかげなんだよ」

「あ…」

「君のために二人が費やしてくれた時間はけして短くない」

己の不注意から拉致されて、研究所に売っ払われたあげく二日も昏睡。——その後、闇オークションにまで転売されるという憂《う》き目に遭っておきながら、いまこうして無事にいられるのはこの三人が尽力《じんりょく》してくれたからにほかならないのだ。

「ありがとう、二人とも——先輩もホントにありがとう…」

拉致されたうえオークションにまでかけられたせいで、聞けば八重樫にはかなりの苦労をかけたらしい。方々に手を回して会場を割り出し、あの短時間でチケットや施設図などを入手するのには相当の根回しと金が要ったと、いまは笑い話のように聞かせてくれるけれど。

(ありがとう、八重樫)

真芹は遥が研究所に運ばれた当初から、破壊工作員として参加していたのだという。オークション会場や闇組織のアジトを壊滅状態に追い込んだのも、そこまでしなければ逃げられない可能性があったからだと皇一に聞かされて、遥はつくづく自分が渡りかけていた橋がどれだけ危ないものだったのか、思い知らされた気がした。ただのストレス解消、ではなかったというわけだ。

(ありがとう、真芹)

そして——皇一にはどれだけの心労を強いたことか。

数値に変換したら天文学的な数字になりそうで、遥は小さく身震いした。もし自分が逆の立場だったら……? 生きた心地がしなかったに違いない。

(ありがとう、先輩……それからすごく、すごくゴメンナサイ…)

繋いだ手をきつく握り返しながら、遥は傾けた頭を皇一の肩にそっと預けた。ぎゅっと目を瞑って、伏せた耳を首筋に押しつける。くすぐったそうに身じろぐ気配を間近に感じて、またも涙腺が緩みそうになった。この人の元に戻れてよかった、と心底実感する。

「みんな、ホントにありがと」

潤んでた目元を拭いながら笑うと、向かいの二人がニッコリと笑い返してくれる。

「いいのよ、出世払いで返してくれれば」

「俺は収穫多かったからドッコイだなぁ。経費も回収したし」

（……あ、そ…）

真芹の台詞はともかく、八重樫の言葉には少なからず安堵を覚える。出費が激しかったと聞いたばかりなので、経費回収の言葉に遥は思わず胸を撫で下ろした。

「ま、今回関わってた末端組織にはかなりの実害を被《こうむ》らせたしね。闇に流れる予定だった先輩の金も取り戻してあるし、何より顧客リストを手に入れられたのは大きかったなぁ。あと、今回は出品されなかった魔具とか媚薬なんかも、いくつかチョロまかしてきたし？　それに…」

他にも今回の収穫についていろいろと説明されたのだが、ひどく不穏な臭いがプンプンとしていたので遥はそれ以上聞かなかったことにした。

「とりあえず、悪の組織を倒したっつー話でＯＫ？」

「あー、そんな感じ。――でもあんな末端叩いても、上でふんぞり返ってるやつらにはほとんど影響ねえんだよな。それを思うと歯痒いよ…」

「八重樫って実は、正義感溢れる男だったんだね」

「ほとんど私怨《しえん》だけどな。闇で食ってるやつなんて生きてる価値ねーと俺は思ってる」

そう苦く零しながら、いまはもう見えなくなった火柱に八重樫が眇めた眼差しを投げつける。

（へえ…）

いつだってクールが売りの八重樫からそんな熱い話が聞けるとは思ってなくて、遥は何だか意外な気がした。——これはあとから聞いた話だが、真芹曰く『あたし、小さい頃に闇オークションで売られかけたことがあるのよ。仁の私怨？　それなんじゃない？』だそうだ。真芹がこの日、ひどく楽しげにアジトを全壊させていた裏にも、もしかしたらそんな事情があったのかもしれない。

「でも本当にありがとう。いつか俺が出世したら、二人ともドカーンと奢《おご》らせてね」

もう一度改めて頭を下げると、二人が今度は少しだけ困ったように目を細めた。どうやら先ほどの言葉には、照れ隠しの意も含まれていたらしい。

（あ、何だ、そーいうことか…）

察しの悪い遥がようやく覚ったところで、「あ」と二人が同時に声を上げる。釣られて視線の先を振り返ると、穏やかに唇を弛ませた皇一の姿があった。

「どうかしたかい？」

三人の視線に気づくとソレはすぐに消えてしまったけれど、いまはの間違いなく「笑顔」だった。

（わ、先輩が……あの先輩が…！）

これまで見た中でも限りなく笑みに近かった表情を、何度も反芻《はんすう》していると。

「神前ってまじすげえ…」

「人って変わるのね。つくづくそう思ったわ、いま…」

それぞれに感想を述べた二人が、真顔で遥の顔を覗き込んできた。

「えーと……あ、ところで俺の居場所なんでわかったの？」

二人の注視に耐えかねて無理やりに話題を転換させると、遥は冨樫に聞いたピアスの話を三人に聞かせた。その話題に付随して思い出したように、真芹が「あ、そうそう」とまた掌を打ち合わせる。

「兄さん、使い魔も回収するわよ」

「使い魔？」

「そ。あなたにコレをつけるの、実はこれで五度目なのよ」

（へ？）

真芹が白い指を空中でひらめかせる。すると左耳のピアスが少しだけ持ち上がったような気がした。

「いま、何か…」

「ああ、感じた？　今回はそのピアスを依《よ》り代《しろ》にしてたのよ」

何も見えない空中に手を差し伸べた真芹が、ひょいと何かをつかんでポーチの中へとしまい込む。クエッションマークだらけになった遥に、真芹が「あのね」と微笑みながら説明をはじめた。

「最初の依頼は仁だったけど、あとは全部兄さんの依頼で使い魔をつけてたのよ」

「ええ？」

遥を置いて長時間家を空ける時――皇一は必ずと言っていいほど、この「使い魔」を遥の身につけていたのだという。皇一が約束を破って仕事に出たあの朝も、すぐに真芹の元に依頼のメールが舞い込んだという話だった。尻尾つきの遥を残していくのが心配で、そうやって保険をかけていったのだと皇一自身の自白も聞いた。たとえ遥の身に危険が及んでも、その逐一《ちくいち》がわかるように、と。

「え、じゃピアスには何の意味があるの？」

「気休め、かな」

あまりに簡潔な皇一の一言に、遥は思わずこめかみに手をあてていた。

遥が頼りにしていたピアスではなく、真芹の使い魔によって居所を把握した皇一はすぐに八重樫に協力を要請して『遥奪還作戦』を練ったのだという。――だが参謀《さんぼう》の意見を聞かずに暴走しようとする椎名兄妹に、八重樫が手こずったらしい話はすでに聞いている。そんなこんなするうちに遥がオークションに流されてしまい、そこでようやく三人に「結束」というものが芽生えたらしい。

(俺ってば、つくづく危ない橋渡りかけてたんだね…)

一歩間違えばどうなっていたやら、だ。――でも自分はちゃんと皇一の元に戻ってこられたのだ。これって、二人はそういう運命にあると思っちゃってもいいんじゃないだろうか？

「――なんて、さすがに虫のいい発想かな…」

「どうかした？」

遥の呟きを拾ってくれた皇一が、目元を和らげながらこちらを覗き込んでくる。さっきにも増して柔らかい表情を受けて、遥も自然に笑みを浮かべていた。

「先輩に会えてよかったな、って話だよ」

そう言ってニッと歯を見せて笑うと、皇一がさらに目元を緩ませる。その直後。

『う、わ』

八重樫と真芹が、唇だけで異口同音した。

二人の視線が痛いほど刺さるのを感じながら、遥は目を瞑って皇一のキスを受け入れた。

5

その日、夜更けになって帰り着くなり、遥は皇一に富樫の話をした。

「皇一先輩は覚えてないかもしんないけど、富樫さんはずっと先輩のこと覚えてたらしいよ」

「へえ」

「で、富樫さんと約束したんだ。今度、家に遊びにきてねって」

二人暮らしをはじめてから買ったソファーで膝枕されながら、遥は真上から自分を見下ろす暗緑色の虹彩をトロンとした目つきで見上げた。

バスルームで丹念に全身を洗ってくれた指が、いまは綺麗に乾かした髪と耳とを優しく撫でてくれている。その感触のあまりの心地よさに、遥はハタハタと緩く尻尾を振った。

グレーのカーテンの向こう側で、夏の短い夜が明けようとしているのがわかる。刻々と色合いを変えるグラデーションを眺めながら、こうしてまた二人で朝を迎えられる喜びを噛み締める。

(先輩の脚も治ったし、明日から蜜月のやり直しできるかな…)

八重樫の知り合い割引で治癒を受けた脚は、すでに痕跡もなく完治している。遥の首にうっすらとついていた首輪の痕も、数時間経ったいまではもうすっかりわからなくなっていた。この数日間の出来事を物語る傷は、あとはもう不可視のものばかりだ。

皇一と引き離される苦しさやつらさ、それから二度と会えないかもしれないという恐怖――。

どれも二度と思い出したくない記憶だけれど、そのおかげでいま、遥はこうしてありふれた日常に幸福を感じることができるのだ。つい先日まであたり前だったこんなじゃれ合いも、いまはその尊さが身に沁みて実感できる。

「それでね、俺、実は冨樫さんに」

「僕の対戦相手を頼んでくれたんだよね、囲碁の」

「え？」

先回りされた結論に目を丸くすると、皇一はフッと目元に翳りを見せた。

「——どうして知ってるか、不思議？」

「うん、超不思議」

問いかけに素直に頷くと、皇一はゆっくりと瞼を閉じながら遥の耳元に指を埋めてきた。

「使い魔っていうのはね、自分の見たもの聞いたものをすべて主に教えてくれるんだよ。それで今回は真芹じゃなくて、僕を主として設定してもらったんだ。ところが使い魔に主と認めてもらうまで、少し時間がかかってね。その間に君が攫われて、救出も後手後手になってしまったんだ」

「そんなことがあったんだ…」

「使い魔に認めてもらえたのが半日後——それからのことは全部、見聞きして知ってるよ」

「へーえ。じゃ、先輩は俺の見たもの聞いたもの、ほとんど知ってるってことだね」

「そういうこと」

それならば皇一が冨樫との会話を知っていても、何ら不思議ではない。

どうやら遥の意識がない間も使い魔は勤勉に働いていたらしく、研究所でどんな検査や薬を使われたかも皇一はきちんと把握しているらしい。研究員に陵辱《りょうじょく》とかされてないよね、と先ほどチクリと確認されたのだが、その辺の潔白もこれで証明できたようなものだ。

(ん？　聞いたもの……？)

そういえば研究所のみならず、闇組織のアジトでも変なコトをされなかったか――もとい、榊に何かされたんじゃないかと執拗に訊ねられもしたのだが、遥は皇一を安心させるために。

『あんなの全部デタラメだってば！』

と、笑顔で答えておいたのを思い出す。というか榊にされたことはあまりに衝撃的すぎて、容易には口に出せなかったのだが、しかし。

「え、と……じゃ、榊さんとのやり取りも全部…？」

「そういうこと」

無機質な色合いの瞳が、ぱっと開いてこちらを見下ろす。

「……ごめんなさい」

「正直ショックだったよ。君は、自分をあんな目に遭わせた男を庇ったんだからね」

「や、違くて…！　あんなことされたなんて恥ずかしくて言えなくて…っ」

「君をあの男に奪われたらどうしようかって、僕がすっかり動転してる時に君はもしかして楽しんでたりした？　それともああいうコトが好き？」

「す、好きじゃないっ、あんなの好きじゃありません…！」

「本当？」

（せ、先輩の意地悪……っ）

あの時の状況を見聞きして知っているのなら、自分がどれだけ混乱し、怯え、追い詰められていたかも、全部わかっているくせに……。

「あんなの怖いだけだったって、知ってるくせに…」

遥がポロリと涙を零すと、皇一は我に返ったように瞳を揺るがせた。

「――ごめん、君に嘘をつかれたのがショックで……泣かせるつもりはなかったんだよ」

寝そべっていた体を抱き上げられて、膝の上に向かい合わせで乗せられる。

「本当にごめんね」

先ほどとは違う意味合いで翳った面差しを見つめながら、遥は伏せていた耳を片方だけ持ち上げて両目を細めた。先輩のバカ…と小声で罵ってから、広い肩口に頬を乗せる。

（でも使い魔を飼い馴らすのに半日ってことは……あの自慰はバレてないってことだよね？）

今回の件も元を辿れば、あの浅薄な行為に端を発しているのだ。そこを責められるとさすがに弱いので、遥は密かに胸を撫で下ろしていた。

そんな恋人の胸中も知らず、ごめんね…とバリトンが耳元に寄せられる。軽く耳朶《じだ》に口づけた唇が、頬を経由して鼻先へと移動してくるのを、遥はそっと両手で捕まえた。精悍な顎のラインに指を添えながら、ゆっくりと背を反らして少しだけ距離の空いた皇一の面立ちをじっと見つめる。

「――二人ともさ、先輩の笑顔にすっごく驚いてたね」

リムジンでの一件は、二人にとって相当センセーショナルだったのだろう。あのあと八重樫と真芹には、何だか的外れな称号をいくつも進呈されてしまったのだが。

「そういえば君、『猛獣使い』とか、『ロボットマスター』とかいろいろ言われてたね」

「うん。――でも、どれも違うと思うんだよね…」

皇一をどうこうしようなんて考えたことは、これまでに一度だってない。

(ただ、ありのままに)

感じたままの気持ちを表現してくれればいいな、と思っていただけだ。

家や自分じゃない誰かのために、感情を殺し続けるのがあたり前だと思っていた人だから。心を解放する自由を知って欲しかっただけだ。閉ざされていた扉が少しずつ開いてきているのだとすれば、これ以上嬉しいことなんてない。でも遅かれ早かれ、皇一は笑顔を取り戻していたはずなのだ。

「だって先輩を変えたのは俺じゃなくて、恋でしょう?」

自分以外の誰かに笑いかける皇一なんて――ちょっと想像しただけで妬《や》けてしまうけど。

誰だって生涯に一度や二度は、目くるめくような恋を経験するはずだ。だからきっと自分じゃなくても、皇一の笑顔は引き出せていたんじゃないかと遥は思うのだ。

だが、その見解に皇一は静かに首を振った。

「――君はわかってないね。僕は君だから恋に落ちたんだよ。それに、僕から『ありのまま』を引き出してるのは、間違いなく君なんだから」

「え?」

皇一の腕がおもむろに背中に回ってきて、遥のしなやかな身を自身の胸に沿わせる。

「僕だけじゃない。君に接した人はみんな、いつの間にか心の鎧《よろい》を脱いでしまうんだよ。君があまりにも自然体でいるから、それに釣られてしまうのかもしれないね——君が出会った二人もそう」

「二人って、冨樫さんと榊さん？」

「うん。君の目や耳を借りてつくづくそう思ったよ。君はそんな意識まったくしてないんだろうけど、君のその素直さや無防備さに救われる人はたくさんいるんだよ」

「えー？」

「本当に……君を欲しがる人なんて無数にいるんだ…」

無意識なのか徐々に力が込められていく腕の中で、遥は戸惑い気味に瞬きをくり返した。やがて息もつけないほどきつくなった抱擁に、小さく喘いだところでようやく解放される。

「せ、先輩、死んじゃうよ俺…」

「ごめん——つい、あの男のことを思い出してしまって…」

（あ、やっぱり……？）

つい先ほどまで皇一の身からダダ漏れになっていたオーラは、榊と相対していた時と同じ強力な意思に満ちていた。遥からすれば榊なんて、ただの悪食《あくじき》な男としか思えないのだが——金輪際、皇一の前では榊のことを話題に挙げるまいと心に誓う。

「それにしても…」

「しても——？」

かすかに聞こえたフレーズをそのまま復唱すると、皇一はますます声を弱らせた。

「……君は、自分がどれだけ稀有な存在か、まるで自覚してないんだから本当に困る…」

(俺が、稀有?)

掠れた囁きをきっちりと聞き咎めてから、遥は心底不思議げに首を傾げた。

「ていうかそれ、先輩の贔屓目《ひいきめ》じゃない?」

「だったらどんなにいいだろうね」

重く長い溜め息が、遥の肩越しに吐かれる。心持ち項垂れた横顔を窺うと、皇一はいままでに見たことがないほど眉間にシワを寄せて苦しげにしていた。

「——僕はね、いつだって怯えてるんだ。君を誰かに奪われたらどうしようって。君に心変わりされたら、どうしていいか見当もつかないんだ」

「先輩…」

これは僕の弱さの証《あかし》だよ、と皇一が薄いシャツの隙間から細い金の鎖を持ち上げる。

(あ……)

皇一がアクセサリー類を身につけてるのなんて初めて見たので、襟ぐりからそれが覗くたびに実は気になっていたのだが…。鎖に通された指輪には、青い小さな石が嵌められていた。

「あの日、君との約束を破ってまで僕が取りにいった物がこれだよ」

「これって…?」

「君のピアスと対になる指輪でね。——気休めなんて嘘だよ」

弱った視線をゆっくりと持ち上げながら、皇一の指が遥のピアスに添えられる。

「これは鼓動と呼応して居場所を知らせてくれる仕様になってるけど、この指輪はその鼓動が絶えた時に、仕込まれた毒針を持ち主に打ち込む作りになってるんだよ。君に焦がれて悩んだ末に、僕の出した結論がこれ」

「先輩…」

「君が心変わりしても僕にはそれを責める権利なんてないし、その後も君がどこかで生きててくれるんなら、それを糧に僕も生きられるかもしれない。でも、君がこの世からいなくなったら…」

「——まさか、本気でコレ嵌めようなんて思ってないよね？」

低めた声で確認すると、皇一の口元がふっと緩んだ。

「魔が差したんだ。いまはそう認識してる」

「よかった…」

もしも本気でそんなことを考えていたら、張り手くらいじゃ済まないところだ。

「君と出会ってからこっち、自制が効かなくなってる自覚はあるんだよ。君だけが僕を狂わせ、殺すことができる。君こそが僕にとっては毒薬《カンタレラ》みたいなものなのかもしれないね。——でも、血迷ったせいで罰を下されたのかな。もう少しで本当に君を失うところだったよ」

か細い声でそう呟きながら、皇一の腕が緩く抱き締めてくる。

「先輩…」

その程度の拘束じゃ物足りなすぎて——。

遥は皇一の首筋に両腕を回すと、ギュッと音がしそうなほどにきつく取り縋った。

(俺だって、とっくに先輩の中毒だよ…)

引き離されたら生きていける気がしない。それほどに皇一の存在が全身に刻み込まれているから。

このままもっと、他の誰も目に入らないくらい束縛して欲しいと願わずにはいられない――。

「君がいないともう、僕は僕でいられないんだ。だから、二度とあんな…」

「うん、もうぜったいに…」

その続きを、声ではなく互いの体温で埋め合いながら。

どちらからともなく、唇を重ねた。


それから三日後のこと――。

あれほど誓ったはずなのに榊の存在がまたも浮上したのは。

「う、あ…」

脱いで椅子の背に引っかけておいたハーフパンツから、ポロリとあの銀の指輪が転がり出てしまったからだった。何もシャワーを浴びてこれから…という時に出てこなくても、と思わずフローリングに恨めしげな視線を送らずにはいられない。

転がった曰くつきのソレを見るなり、皇一はわずかにだが顔を顰めた。

「捨てたんじゃなかったの」

「あ、捨てます。あとで確実に手放しま、す…」

(ひーん、怖いよー…)

皇一の発する迫力に気圧されて、遥は無意識のうちにスルスルと尻尾を垂らしていた。力ないそれを脚の間に収めながら、ぴくぴくと伏せた耳の尖りだけを上下させる。

ソファーに横たわった皇一の上からそそくさと降りると、遥は拾ったそれをひとまずもう一度ハーフパンツのポケットに戻した。つい今朝までは、自室の小物入れの中にしまっておいた代物なのだが、所用で持ち出したことをすっかり忘れていたのは完全に遥の落ち度だった。

表情にほとんど変化は見られないけれど、皇一の機嫌がこれで傾いたのは間違いない。

(うーん、どうしよ…)

いまここで事情を説明してもいいのだが——いや、しかしそれではのちのサプライズが成立しない。内緒で遂行しようと決めたからにには、黙秘を貫くのが男の意地というものだろう。

(つーか、八重樫が前払いで受け取ってくれてればさー)

こんな事態にはならなかったろうが、いまさら言っても詮ないことだ。八重樫には友人枠でタダでいいとも言われたのだが、それは気が引けるので行き場のないあの指輪を持参したのだ。

約束をはたすべく、冨樫の連絡先調査を依頼したのが今日の午後——。

明日にはわかるだろうと言っていたので双方の予定も伺いつつ、近日中には囲碁の対戦を組めたらいいなと思っている。今回の件で皇一も冨樫に恩義は感じているらしいので、さすがに一言の会話もなしという事態にはならないだろう。

「んじゃ、先輩どうしよっか。今日はカテーテル？　それともバルーン？」

努めてテンションを上げつつ、遥は完全スルーの姿勢で何事もなかったようにソファーまで戻った。皇一に背を向けながら、一大コレクションが広げられたローテーブルを物色する。だがいっこうに返ってくる声がないので、恐る恐る振り向くと。

（あれ、このパターンは……）

表情だけは淡白だけれど、内心では何やら不穏なことを熟考してそうな気配がありありと周囲に漂っている。逃れられそうにないお仕置きの予感に、遥は忙しい頻度で獣耳を上下させた。

ファサ…と、フローリングに落ちた尻尾が乾いた音を立てる。――例の薬効自体は一昨日で終わったのだけれど、今度は自ら志願して遥はあの秘薬を投与してもらった。だから、またしばらくはこんなふうに耳と尻尾つきでこの部屋に繋がれる運命にあるのだ。

（でも先輩、ちょっと変なんだよね）

常時コスプレ状態で遥が待機しているにもかかわらず、以前よりも営みへの熱意や関心を失っているような気がしてならないのだ。これまでとペースはほとんど変わらず、最低でも一日一回は遥を構って淫獣にしてくれるのだが、あの呆れるほどの研究熱心さが足りないというか……。

（つーか、俺が淫乱になっただけだったりして…？）

無きにしも非《あら》ずな可能性に身を震わせたところで、皇一がようやく長考を終えた。ソファーの端で小さくなっていた遥に、暗緑色の眼差しが静かに向けられる。

「いつか君も言ってたよね、どうして君にばかり絶頂を強いるのかって」

「あ、うん。だって明らかに俺ばっかだったし…」

「知ってるとは思うけど、僕は誰かに欲情を抱いたのは君が初めてでね。だから僕が間違えているのなら、どうか言って欲しいんだ。恋人やセックスの定義を僕は履き違えているのかい？」

どうやらあの日、榊に言われた言葉がずっと胸に引っかかっていたらしい。

「あー…」

遥自身も、一方的に与えられるだけの快楽を少し寂しく思っていたのは事実だ。

本音を言えば体ばかり気持ちよくするんじゃなくて、もっと自分自身を、心を求めて欲しかったという思いがある。それに遥だってたまには、乱れている皇一の姿を見てみたいと思うのだ。

「――あのね。間違ってるって言うなら、俺も間違ってたかも」

考え深げに横たわっている皇一の体を跨《また》ぐようにして乗ると、遥は四つん這いの姿勢ではだけられたシャツの首筋に唇を寄せた。鎖骨に舌を這わせながら、腰だけを高く掲げて尻尾を振る。

「こういうの、早く言えばよかったよね。オモチャとか薬も大好きだけど、俺はもっと先輩自身に気持ちよくして欲しいって思ってたよ。先輩にも、もっと俺で気持ちよくなって欲しいし」

「遥で…？」

「そう、俺の体でさ」

手でも口でも、どこでも好きに使われたい。一度だけなんて言わず、あちこちに出して欲しい。中でも外でもいいから、溢れるほどに、滴るほどに――…。

「ね……俺と先輩、二人で気持ちよくなろ？」

必殺の上目遣いをくり出したところで、皇一がふわりと表情を緩めた。

無機質な瞳の裏側に淫靡《いんび》な炎が揺れるのが見えて、思わず舌舐めずりしてしまう。

「わかった。じゃあ、今日は薬も道具もなしでいこうか」

「あ、ゴムもなしね。先輩の、直で感じたいから」

「何回も出したら汚れちゃうよ？」

「いいの、汚れたいの。だから先輩もたくさんイッて？　――一人だけでイクのって、実はけっこう寂しいんだからね…」

拗ねたように唇を尖らせると、ごめんね…と耳元に低音を吹き込まれた。

「―――…ッ」

それだけで尻尾まで痺れた体を、起き上がった皇一がひょいと膝の上に座らせる。

「あ…っ」

すぐさま薄い唇に耳を食《は》まれて、毛のない内側をネロリと舐められた。それから尖らせた舌先で、輪郭を丹念に辿られる。あ、あ…と甘声を零しながら、遥は皇一の首筋に取り縋った。耳を愛される快感に酔いしれていると、今度は腰に回った両手がふっさりとした尻尾をつかんでくる。

「そういえばあのエプロン姿、本当に可愛かったね。できれば誰にも見せたくなかったけど」

「ん……俺も先輩だけに、見せたかった…」

「でも、いまの格好もすごく可愛いよ」

「ホント？　よかった…」

いま遥が身につけているのは、バックにディルド用の穴が開いたレザーパンツだった。それを少し後ろにずらして、尻尾用の穴にしているのだ。その分、布地の足りなくなったフロントからはいまにも屹立がはみ出そうになっている。

（こんなもの用意してあるなんて、先輩ってホント…）

シャワーを終えるなり差し出されたコレを、躊躇なく着てしまう自分も自分かもしれないが。

「今日はこれにして、明日はエプロンにしようか」

「あ…っ、明日もっ、一緒にいてくれるの、先輩……っ？」

「もちろん。君の薬効は夏休み中、ずっと続くでしょう？　今度こそ約束を守るよ」

「あっ、あ……嬉しい…」

耳と尻尾を同時に弄られて、遥はピクピクと痙攣しながら甘い戦慄をたっぷり味わった。両手で尻尾を揉まれるたびに、伸縮性のないレザーから首を出した分身がすくすくと育ってしまう。

「だから君も約束を守れるように――今日は思う存分、ココを可愛がってあげるよ」

「アっ、あぁ…ッ」

皇一の長く優美な指が、立派に育った屹立の首をあやすようにくすぐってくる。まるで猫の子でも可愛がるように優しく、ソフトタッチで。

「そしたらもう、一人でしなくて済むでしょう？」

（………何で知ってるの…？）

腕の中で硬直した遥の体に、皇一が我が意を得たりとばかり眼差しを眇める。

「まさかバレてないとでも思ってた？」

「だ、だって、あの時はまだ飼い馴らしてなかったって…ッ」

「じゃあ、こうしようか」

「え？」

「その理由がわかったら、イカせてあげる方針にするよ」

このうえなく穏やかな声で、このうえなく鬼畜な提案をされて――。

（せ、先輩の鬼…ッ）

尻尾の毛をビビビッと逆立たせながら、遥は本格的にはじまった愛撫に啜り泣いた。


ちなみにその日の行為で遥が達するまで、どれだけかかったかは。

「も……イカせて、ぇ……このままじゃ、オカシクなっちゃ、う……っ、あ」

――推《お》して知るべし。

あとがき

こんにちは、桐嶋リッカと申します。

このたびは本書をお手に取っていただき、誠にありがとうございます。グロリア学院シリーズも早いもので五冊目を迎えることになりまして、それもこれもご支持くださる皆様のおかげですね。いつも本当にありがとうございます。——本書で初めてこのシリーズに触れられた方は世界観など戸惑うことも多々あるかと思いますが、もし少しでもどこかお気に召しましたら、他四冊もお手に取ってみていただけると嬉しいです。

本書が皆様のお手元に届くまで、各所で携わってくださったすべての方々にもこの場を借りて御礼申し上げます。いつも麗しきイラストで至上の彩りをくださるカズアキ様。執筆中は暗闇の中を手探りで進んでいるような私に、毎度光明を下さる担当様。今回も本当にお世話になりました。今後ともどうぞよろしくお願い致します。それから私を支えてくれる家族・愛猫・友人たち。そして何よりも、読んでくださった皆様に限りない愛と感謝を捧げます。また近く、お目にかかれることを祈りつつ——。

桐嶋リッカ

【HAKKA 1/2】　http://hakka.lomo.jp/812/

初出
罪と束縛のエゴイスト―――― 2007年　小説リンクス8月号掲載
闇と背徳のカンタレラ―――― 書き下ろし

この本を読んでの
ご意見・ご感想を
お寄せ下さい。

〒151-0051
東京都渋谷区千駄ヶ谷4-9-7
(株)幻冬舎コミックス　小説リンクス編集部
「桐嶋《きりしま》リッカ先生」係／「カズアキ先生」係

リンクス ロマンス

罪と束縛のエゴイスト

2009年5月31日　第1刷発行
2012年7月31日　第2刷発行

著者……………桐嶋《きりしま》リッカ
発行人…………伊藤嘉彦
発行元…………株式会社　幻冬舎コミックス
〒151-0051　東京都渋谷区千駄ヶ谷4-9-7
TEL 03-5411-6434（編集）
発売元…………株式会社　幻冬舎
〒151-0051　東京都渋谷区千駄ヶ谷4-9-7
TEL 03-5411-6222（営業）
振替00120-8-767643
印刷・製本所…共同印刷株式会社
検印廃止

ISBN978-4-344-81656-5　C0293
Printed in Japan

幻冬舎コミックスホームページ　http://www.gentosha-comics.net